David Foenkinos

Das erotische Potential meiner Frau

Roman

Aus dem Französischen
von Moshe Kahn

C.H. Beck

Der Autor dankt dem Centre national du livre für dessen Hilfe.
David Foenkinos ist Preisträger der Fondation Hachette und erhielt 2003 ein Stipendium als Jeune Écrivain.

Titel der Originalausgabe: «Le potentiel érotique de ma femme»,
erschienen bei © Éditions Gallimard, Paris, 2004

Gesetzt aus der Bembo im Verlag C. H. Beck
Druck und Bindung: Kösel, Altusried-Krugzell
Gedruckt auf säurefreiem, alterungsbeständigem Papier
(hergestellt aus chlorfrei gebleichtem Zellstoff)
Printed in Germany
ISBN 3 406 53550 X

www.beck.de

Für Victor

Wie dich erreichen, sinnliche Woge,
Dich, die mich beflügelt …

M

Vergebens prangert die Vernunft mir die Diktatur der Sinnlichkeit an.

Louis Aragon

Erster Teil

Eine Art Leben

I.

Hector hatte den Kopf eines Helden. Man spürte, daß er bereit war, zur Tat zu schreiten, allen Gefahren unserer monströsen Menschheit zu trotzen, das Feuer unzähliger Frauen zu entfachen, mit der Familie einen Urlaub zu planen, mit seinen Nachbarn im Aufzug zu diskutieren und, wenn er wirklich einmal groß in Form war, auch einen Film von David Lynch zu verstehen. Er wäre eine Art Held unserer Zeit, mit strammen, wohlgeformten Waden. Blöd nur, daß er gerade beschlossen hatte, sich das Leben zu nehmen. Man hatte wahrlich schon bessere Helden gesehen. Ein gewisser Sinn fürs Theatralische hatte ihn dazu gebracht, sich für die Metro zu entscheiden. Alle Welt würde von seinem Tod erfahren, es wäre so etwas wie die Pressevorführung eines Films, der sich schnell als Flop erweisen würde. Hector wog aus reiner Höflichkeit artig die volltönenden Empfehlungen um ihn herum ab, er solle nur ja nicht voreilig seine Fahrkarte kaufen. Für den Fall, daß er es sich anders überlegte. Man wußte nichts von ihm, daher hoffte man auf ein Mißlingen, um sicherzugehen, daß man sich auf die Physiognomie eines Menschen verlassen konnte. Vor allem auf die eines Helden. Schon blickte er verschwommen. Die Tabletten mit der einschläfernden Wirkung hatte er noch vor dem Verfallsdatum hinuntergestürzt. Es stirbt sich besser im Schlaf. Letzten Endes war dies ein Glück, denn Hector bereitete uns große Sorgen. Äußerlich verrieten seine Augen nichts. In den Gängen der Metro liegend, wurde er schließlich entdeckt, der Station Châtelet-Les Halles näher als dem eigenen Tod.

Sein eingesunkener Körper spiegelte sein Scheitern. Zwei Krankenträger mit aufgeschwemmten, anabolen Gesichtern (doch Gesichtern wollen wir von nun an mißtrauen) kamen und befreiten ihn von all diesen Blicken der vorbeihastenden Angestellten, die ganz fasziniert waren, eine Lage vor Augen zu haben, die schlimmer war als ihre eigene. Hector dachte nur an eines: Jetzt, wo sein Selbstmord fehlgeschlagen war, war er zum Leben verdammt. Er wurde in ein Krankenhaus eingeliefert, das gerade frisch gestrichen war. Logischerweise war überall zu lesen «frisch gestrichen». Er würde sich ein paar Monate in dieser Genesungseinrichtung langweilen. Sehr bald schon war sein einziges Vergnügen ein Klischee: die Krankenschwester zu beobachten und vage davon zu träumen, ihre Brüste zu streicheln. Über diesem Klischee schlief er regelmäßig ein, immer kurz bevor er sich die Häßlichkeit der Krankenschwester eingestanden hätte. Er war in einem Dämmerzustand, in dem die Ungnade das Mythische zu berühren schien. Dieses Urteil erschien sehr streng: Zwischen zwei Morphium-Verabreichungen konnte die Krankenschwester durchaus sinnlich sein. Und dann gab es da diesen Arzt, der gelegentlich vorbeischaute, wie man bei einer Abendgesellschaft vorbeischaut. Die Begegnungen dauerten selten länger als eine Minute, schließlich mußte man ja so tun, als wäre man in Eile, wenn man seinen Ruf pflegen wollte (und das war so ziemlich das einzige, was er pflegte). Dieser tief braungebrannte Mensch bat Hector, die Zunge herauszustrecken, um zu dem Schluß zu kommen, daß er eine schöne Zunge habe. War ja nicht verkehrt, eine schöne Zunge zu haben, man fühlte sich gut mit einer schönen Zunge. Aber dafür konnte Hector sich nichts kaufen. Er wußte nicht genau, was ihn erwartete, er war schwer depressiv, jemand, der auf dem Grund des Trichters winselte. Man schlug ihm vor, seine Familie oder seine Freunde zu verständigen, sofern der Herr in der glücklichen Lage sei, welche zu haben (auf diskrete Weise deutete man die Möglichkeit an, welche zu mieten). Diese Optionen wurden von einem nicht besonders höflichen Schweigen begleitet, aber halten wir uns nicht damit auf. Hector wollte niemanden sehen. Genauer gesagt – und das will ja kein Kranker – wollte er nicht, daß irgend jemand ihn in diesem Zustand sah. Er schämte sich, ein Männlein zwischen nichts und weniger als nichts zu sein. Es kam vor, daß er einen Freund anrief und ihm erzählte, daß er auf Reisen sei, Wahnsinn, dieser Grand Canyon, was für Schluchten. Und dann hängte er auf. Dabei war er doch der Grand Canyon.

Die Krankenschwester fand ihn sympathisch, sie hatte ihm sogar gesagt, er sei ein *besonderes Exemplar.* Kann man denn mit einer Frau schlafen, die einen für ein *besonderes Exemplar* hält? Das war wirklich die Frage. A priori, nein: Frauen wollen sowieso nie mit einem schlafen. Sie interessierte sich für seine Geschichte. Schließlich war das, was in der Krankenakte stand, das einzige, was sie über ihn wußte. Daß es rühmlichere Methoden der Annäherung gibt, will nichts heißen. Gibt es denn die Frau, die sich einem hingibt, weil sie die Art mag, wie man nie den Tag der Wiederholungsimpfung gegen die Kinderlähmung verpaßt? Oh, Sie machen mich ganz verrückt, Sie impfungsbewußter Mann. Oft kratzte sich die Krankenschwester am Kinn. In solchen Fällen hielt sie sich für den Arzt. Man muß aber auch sagen, daß es Raum für diese Rolle gab. Dann trat sie ganz dicht an Hectors Bett. Sie hatte eine durchaus erotische Art, mit ihrer Hand über das weiße Bettuch zu streichen, ihre wohlgepflegten Finger glichen dann Beinen in einem Treppenhaus, die mit großen Schritten das Weiße durchmaßen.

Hector wurde Anfang März entlassen. Eigentlich hatte der Monat keinerlei Bedeutung, überhaupt hatte nichts eine Bedeutung. Die Concierge, eine Frau, deren Alter niemand mehr in der Lage war einzuschätzen, tat, als hätte die Abwesenheit des Mieters sie besorgt. Diese Art, sich besorgt zu geben, diese Art, sich ins Jahr 1942 zurückzuträumen, mit einer Stimme, die derart grell ist, daß sie in der Nähe eines Schienenstrangs einen Zug zum Entgleisen bringen würde, wenn Sie wissen, was ich meine.

«Monsieur Balanchiiine, was für eine Freude, Sie wiederzusehen. Ich hatte mir schon richtig Sorgen gemacht ...»

Doch darauf fiel Hector nicht herein. Weil er aber nun einmal über sechs Monate fort gewesen war, versuchte sie, das entgangene Weihnachtsgeld nachzufordern. Aus Angst, einem Nachbarn zu begegnen und sein Leben vor ihm ausbreiten zu müssen, mied er den Aufzug und schleppte sich die Treppe hoch. Sein schwerer Atem blieb nicht ungehört, und so klebte man mit den Augen an den Spionen. Als er vorüberging, öffneten sich Türen. Dabei war es nicht einmal Sonntag. Dieses Gebäude war einfach von einer nervenzehrenden Untätigkeit. Und dann gab es da auch immer einen angesäuselten Nachbarn – mit dem man ebenso viele Berührungspunkte hatte wie zwei Parallelen –, der einen bedrängte, doch hereinzukommen. Und das alles, um sich dreimal gegenseitig zu fragen «Wie geht's?» und dreimal zu antworten «Gut, und wie geht's dir?» Eine unerträgliche Vertrautheit. Wenn man aus dem Krankenhaus kommt, würde man gern in der Schweiz leben. Oder besser noch: eine Frau in einem Harem sein. Er täuschte Schmerzen in der Leber vor, um endlich in seine Wohnung zu können, aber da fragte der Nachbar ihn natürlich: «Du hast dir doch aus dem Urlaub hoffentlich keine Leberzirrhose mitgebracht?» Hector deutete ein Lächeln an und setzte seinen Rundgang fort. Am Ende öffnete er die Türe und drückte auf den Schalter, auf daß es Licht ward. Natürlich hatte sich nichts verändert. Dennoch kam es ihm vor, als wären mehrere

Leben vergangen. Hier atmete man geradezu die Reinkarnation. Der Staub hatte über diesen Ort gewacht, bevor er sich derart langweilte, daß er sich vermehrte.

Es wurde Nacht wie jeden Abend. Er kochte einen Kaffee, um sich seine Schlaflosigkeit nicht eingestehen zu müssen. In der Küche sitzend, hörte er, wie die Katzen in der Dachrinne herumliefen. Er wußte nicht, was er tun sollte. Er dachte an all die Briefe, die er nicht erhalten hatte. Sein Blick fiel auf einen kleinen Spiegel, den er in einem Trödelladen gekauft hatte; er erinnerte sich ganz deutlich an diesen Laden, und diese Erinnerung versetzte ihn sofort in Schrecken. Das Fieber, das er am Tag des Kaufs gespürt hatte, durchlief ihn aufs neue, so wie man den Duft eines Menschen wachruft, wenn man sein Foto betrachtet. Er durfte auf keinen Fall daran denken, das alles war aus und vorbei. Er war geheilt. Nie wieder würde er einen Trödelladen betreten und einen Spiegel kaufen. Er betrachtete sich einen Augenblick lang. Nach den sechs Monaten Krankenhaus schien ihm sein Gesicht verändert. Die Zukunft stellte er sich zum erstenmal in seinem Leben als etwas Stabiles, etwas Gesichertes vor. Natürlich täuschte er sich da. Doch niemand hier wollte ihn der Illusion seiner Wiederauferstehung berauben. Doch bevor wir uns auf den Weg in diese Zukunft begeben, werden wir uns mit dieser alles andere als vollendeten Vergangenheit beschäftigen.

II.

*H*ector hatte gerade den schönsten Moment seines Lebens erlebt. Genau zu dem Zeitpunkt, als er sich nichts mehr von der Welt erwartet hatte, stieß er plötzlich auf einen Anstecker mit der Aufschrift «Nixon is the best», der aus dem Wahlkampf der Republikaner für die Vorwahlen von 1960 stammte. Dazu mußte man wissen, daß nach der Watergate-Affäre die Anstecker aus Nixons Wahlkämpfen eine Rarität waren und blieben. Seine Heldennase fing an zu beben, kaum merklich, so wie die Augenlider eines jungen Mädchens, dessen Brüste plötzlich viel schneller wachsen als vorhergesehen. Mit dieser Entdeckung hatte er alle Chancen, den nationalen Wettbewerb des Besitzers des besten Wahlkampfansteckers für sich zu entscheiden. Die Menschen wissen wenig über diese Dinge (und wir sind sehr glücklich, unsere Kenntnisse weitergeben zu können), aber es gibt tatsächlich Wettbewerbe unter Sammlern. Man mißt sich mit seltenen Briefmarken und Geldmünzen in einem ebenso festlichen wie verstaubten Ambiente. Hector hatte sich in der Kategorie Anstecker eingetragen, einer erstaunlich beachteten Kategorie in jenem Jahr (der Grund dafür lag im stetigen Zuwachs der Pin-Liebhaber, die zu dieser Zeit auf klägliche Weise den Markt einbrechen ließen; daher kamen viele der Puristen wieder auf Anstecker zurück). Man mußte schon etwas bieten, um sich Hoffnung auf das Erreichen des

Viertelfinales machen zu können. Hector zuckte mit keiner Wimper, er war sich seiner Überlegenheit bewußt. In einer Kuschelecke seiner Erinnerung führte er sich den Augenblick der unglaublichen Entdeckung immer wieder vor Augen. Die Hände nach vorn gestreckt wie Antennen, das Fieber in jedem seiner Schritte, lief er umher. Der Sammler ist ein Kranker, der ständig auf der Suche nach Heilung ist. Seit zwei Tagen irrte er rasend herum, weil er unter Entzugserscheinungen litt. Sechs Monate war er inzwischen schon auf Anstecker fixiert, sechs Monate einer wahnsinnigen Leidenschaft, sechs Monate, in denen sein Leben ein einziger Anstecker war.

Vor Schweden, die nicht blond sind, sollte man sich grundsätzlich in acht nehmen. Hector zeigte keine Regung. Sein Anstecker «Nixon is the best» konnte vor den verklärten Augen des Schweden jederzeit hervorgezogen werden, dessen Blick an die Selbstmordrate in Schweden gemahnte. Wenn man sich seinen Namen auch unmöglich merken konnte, vergessen wir doch nicht seine bewundernswerte Leistung des vergangenen Jahres, denn Monsieur ist der Titelverteidiger der Sammler von Wahlkampfansteckern. Im bürgerlichen Leben war der Schwede Apotheker in einer schwedischen Apotheke. Es hieß, er habe diesen Beruf ererbt. Oft gleicht das Berufsleben der Sammler einem zu großen Anzug. Und was ihr Sexualleben angeht, so ist es so lau wie die Arbeitsmoral eines Schülers während der Ferien. Sammeln ist eine der seltenen Tätigkeiten, die nicht auf einer Verführung beruht. Die angesammelten Gegenstände sind Wehrmauern, die den Scheuklappen von Pferden gleichen. Nur Fliegen erkennen von nahem die kühle Traurigkeit, die von ihnen ausgeht. Die Traurigkeit, die man in der Euphorie eines Wettbewerbs vergißt. Der Schwede war in diesem Augenblick im Begriff, sogar das Wort Medikament zu vergessen. Seine Eltern, die ihn mit der Liebe einer Spritze zur Vene aufgezogen hatten, lebten nicht mehr. Das Publikum hielt den Atem an. Dies war eines der spannendsten Finale, die wir je miterleben durften. Hectors Blick kreuzte den des Polen, den er im Halbfinale ausgebootet hatte. Man spürte den Kloß in dessen Hals, ein Zeichen dafür, daß er seine Niederlage noch nicht verdaut hatte. Wie hatte er auch nur im Traum daran glauben können, mit einem Anstecker von Lech Wałęsa ins Finale zu kommen? Der Schwede rieb sich von Zeit zu Zeit die Schläfen, dieser kleine Trick, mit dem er Unsicherheit verbreiten wollte, war offenkundig, dieser erbärmliche kleine Trick, der unseren Hector erreichte. Lächerliche Versuche, unser Hector wankte nicht. Jahre des Sammelns im Gepäck, war er sich seines Nixons sicher. Sicher würde es ihm, Nixon, das Herz gewärmt haben, wenn er gewußt hätte, daß ein gewisser Hector dank seiner etwas gewinnen würde. Gewiß würde das in den Geschichtsbüchern keine Erwähnung finden, und es war wenig wahrscheinlich, daß die Leistung dieses Abends die immensen negativen Kräfte der Watergate-Affäre auch nur im geringsten relativieren könnte. Dennoch lagen die Dinge so einfach nicht (vor Schweden in acht nehmen, die nicht blond sind!). Der Dreckskerl holte einen Beatles-Anstecker hervor. Das Publikum unterdrückte ein Lachen, doch weit davon entfernt, ins Schleudern zu geraten, erklärte der Schwede, daß es sich hierbei um den Anstecker eines Wahlkampfs handele, bei dem es um die Wahl des Vorsitzenden der *Sergent Pepper Lonely Hearts Club Band* gegangen sei. Der elende Hund schien Informationen über Hectors Hochkaräter zu besitzen und hatte keine andere Möglichkeit gesehen, als eine Verschleierungstaktik anzuwenden. Was für eine Ratte, dieser Schwede. Und sein Plan ging auf, denn die Jury (die eigentlich nur aus einem bärtigen Mann bestand) deutete ein Lächeln an. Hector begehrte auf, doch auf eine Art, die alles in allem lächerlich war, denn er hatte keine genaue Vorstellung davon, wie man aufbegehrte. Er biß irgendwie die Zähne zusammen. Klären wir die Maskerade besser gleich auf: Man befand den Versuch dieses Schurken für sehr originell und erklärte Hector zum Verlierer. Dieser verlor durchaus würdevoll, nickte dem Sieger diskret zu und verließ den Saal.

Endlich allein, fing er an zu heulen. Nicht über seine Niederlage, dafür hatte er schon zu viele Höhen und Tiefen durchschritten; er wußte, daß eine Laufbahn mit solchen Augenblicken gespickt war. Nein, er weinte ob des Lächerlichen der Situation: gegen die Beatles zu verlieren, wie lachhaft. Dieser lächerliche Moment führte ihm die Lächerlichkeit seines Lebens vor Augen. Zum erstenmal spürte er eine Kraft, die ihn antrieb, sich zu ändern, eine Kraft, die es ihm ermöglichen würde, mit dieser irren Handlung des Sammelns zu brechen. Sein ganzes Leben lang war er nur ein Herz gewesen, das im Takt der Entdeckungen schlug. Er hatte Briefmarken gesammelt, Zeugnisse, Bilder mit Schiffen am Kai, Metro-Fahrkarten, erste Seiten von Büchern, Rührstäbe und Aperitifspießchen aus Plastik, Korken, Augenblicke mit dir, kroatische Sprichwörter, Spielzeug aus Überraschungseiern, Papierservietten, dicke Bohnen, Fotofilme, Souvenirs, Manschettenknöpfe, Thermometer, Hasenpfoten, Geburtsurkunden, Muscheln aus dem Indischen Ozean, Geräusche um fünf Uhr morgens, Käseetiketten, kurzum: Er hatte alles gesammelt, und das immer mit derselben Erregung. Seine Existenz atmete den Wahnsinn, mit all den Phasen purer Euphorie und extremer Depression, die das mit sich bringen konnte. Er erinnerte sich nicht an einen einzigen Augenblick seines Lebens, wo er nichts gesammelt, nicht nach irgend etwas auf der Suche gewesen wäre. Gleichwohl dachte Hector bei jeder neuen Sammlung, diese wäre nun die letzte. Doch systematisch entdeckte er in seiner Befriedigung die Quellen neuer Unbefriedigtheit. In gewisser Weise war er ein Don Juan des Objekts.

♦

Parenthese

*D*ieses letzte Bild ist das treffendste. Oft heißt es ja, es gebe so etwas wie Frauentypen; Hector hingegen kann man als Objekttyp bezeichnen. Weit davon entfernt, die Frau mit einem Objekt zu vergleichen, finden wir hier indessen offenkundige Ähnlichkeiten, und die Ängste unseres Helden ließen sich in den Ängsten der Treulosen wiederfinden und aller Männer, die von der weiblichen Kostbarkeit durchdrungen sind. Genaugenommen ist dies die Geschichte eines Mannes, der die Frauen liebte ... Ein paar Beispiele: Es kam vor, daß Hector zwischen zwei Sammlungen hin- und hergerissen war. Nach sechs Monaten, in denen er sein Leben den Käseetiketten gewidmet hatte, konnte er plötzlich von einer Liebe auf den ersten Blick für eine Briefmarke ergriffen sein, auf die er ganz zufällig gestoßen war, und von dem Drang besessen werden, für diese neue Leidenschaft alles andere aufzugeben. Manchmal war es physisch unmöglich, sich zu entscheiden, und Hector durchlebte Monate der Angst, in denen er zwischen zwei Leben hin- und herpendelte. Dann mußten die beiden Sammlungen in einander gegenüberliegenden Ecken der Wohnung weitergeführt und Rücksicht auf die Empfindlichkeiten eines jeden Sammlerstücks genommen werden. Hector übertrug menschliche Verhaltensweisen auf diese Objekte, und es kam nicht selten vor, daß er die Eifersucht einer Briefmarke auf eine Geburtsurkunde auf frischer Tat ertappte. Gewiß, es handelte sich um Phasen, in denen seine mentale Verfassung völlig zu wünschen übrigließ.

Andererseits rief jede Sammlung völlig unterschiedliche Emotionen wach. Manche, wie etwa die Seiten eines Buchs, waren sinnlicher als andere. Es handelte sich dabei um sogenannte ‹sensible› Sammlungen, Sammlungen von großer Reinheit, die, waren sie erst einmal verschwunden, zu Quellen einer sagenhaften Nostalgie wurden. Und andere, eher physische Sammlungen, die Sammlung eigenartiger Abende beispielsweise, berührten brutalere und fleischlichere Sphären. So war es etwa mit den Aperitifspießchen. Man verwirklicht sich in seinem Leben doch nicht mit einem Aperitifspießchen.

♦

Natürlich hatte er versucht, etwas dagegen zu tun, sich davon abzuhalten, etwas zu sammeln, sich auf Entzug zu setzen. Doch nichts half. Er konnte nicht anders. Immer wieder war es Liebe auf den ersten Blick, und er empfand ein nicht zu unterdrückendes Bedürfnis, die Dinge anzuhäufen. Er hatte Bücher gelesen. Sie alle erzählten von der Möglichkeit, die Angst, verlassen zu werden, zu unterdrücken oder auszutreiben. Manche Kinder, die von ihren Eltern vernachlässigt werden, fangen an zu sammeln, um sich ihrer selbst zu vergewissern. Die Vernachlässigung ist eine Zeit des Krieges. Die Angst, zu kurz zu kommen, ist so groß, daß man ansammelt. In Hectors Fall konnte man allerdings nicht sagen, daß seine Eltern ihn vernachlässigt hätten. Noch konnte man sagen, daß sie ihn verhätschelt hätten. Nein, ihre Haltung vegetierte genau auf halbem Weg zwischen diesen beiden Extremen dahin, in einer Art zeitlich unbefristeter Bequemlichkeit. Sehen wir uns das einmal genauer an.

III.

***H**ector war immer ein vorbildlicher Sohn gewesen (wir wissen die unbedingte Diskretion zu bezeugen, wenn nicht sogar zu schätzen, mit der er sich umzubringen versuchte; es hatte Pfiff gehabt, wie er hatte glaubhaft machen können, daß er in den Vereinigten Staaten wäre). Er war ein vorbildlicher Sohn, bedacht darauf, seine Eltern glücklich zu machen, sie in der Illusion seiner blendenden Verfassung zu wiegen. Vor ihrer Türe gab er seinem Lächeln noch den letzten Schliff. Seine Augen waren von Schatten umflort. Als seine Mutter öffnete, sah sie ihren Sohn nicht als den, der er war, sondern als den, den sie immer in ihm gesehen hatte. Wenn unsere Familienbande wie Kinofilme sind, bei denen wir in der ersten Reihe sitzen (man sieht gar nichts), dann füllten Hectors Eltern die ganze Leinwand aus. Mit diesem Vergleich als Ausgangspunkt könnte man eine Parallele zwischen dem Sammelbedürfnis und dem Wunsch ziehen, grob auf sich als ein *être changeant*, ein sich veränderndes Wesen (man könnte auch einfach sagen, ein lebendes Wesen), aufmerksam zu machen.

Diese Hypothese heben wir uns für später auf.

Wir werden uns grundsätzlich alle Hypothesen für später aufheben.

Diese Haltung, die darin bestand, den Mythos des wunderbar zurechtkommenden Sohns nicht zu zerstören, barg Schwierigkeiten in sich und erforderte eine fürchterliche Arbeit an sich selbst. Diese Dinge sind viel leichter gesagt als getan. Glauben zu machen, man sei glücklich, ist beinahe schwieriger, als es wirklich zu sein. Je mehr er lächelte, um so mehr entspannten sich seine Eltern. Sie waren stolz darauf, einen glücklichen, liebenswürdigen Sohn zu haben. Sie fühlten sich mit ihm so wohl wie mit einem Haushaltsgerät, über dessen Garantieverfall sie sich in einer Pose unsterblicher Leibrentner lustig machten.

In den Augen seiner Eltern war Hector ein deutsches Fabrikat. Aber heute ist alles schwieriger als je zuvor, das Bewußtsein über den versuchten Selbstmord zuckt über den Rand seiner halbblauen Lippen, ein einziges Mal möchte er ihnen nichts mehr vorspielen, sondern ein Sohn vor seinen Eltern sein und so dicke Tränen weinen, daß sie in einem Sturzbach den Schmerz davonspülen. Doch nichts zu machen, ein Lächeln in seinem Gesicht blockiert alles und legt die Wahrheit wie immer in Fesseln. Seine Eltern begeisterten sich immer wieder für das, was ihr Sohn tat. Schließlich und endlich war das Wort Leidenschaft für sie ein funkelndes Gefühl, eine Art Orgasmus des Lächelns. «Ach, wirklich? Du hast eine neue Seifenschale gefunden …? Das ist ja großartig!» Und dabei blieb es dann auch. Darin lag zwar echte Begeisterung (das hatte Hector auch niemals in Frage gestellt), aber es war wie auf dem höchsten Punkt einer Achterbahn; danach schoß man mit Karacho wieder hinab ins Schweigen. Nein, das stimmt nicht ganz. Manchmal klopfte ihm sein Vater noch auf die Schulter, um seinen ganzen Stolz auszudrücken. Hector hätte ihn in solchen Augenblicken am liebsten umgebracht, ohne genau zu wissen, warum.

Hector aß bei seinen Eltern auch dann, wenn er keinen Hunger hatte (er war ja ein vorbildlicher Sohn). Die Mahlzeiten wurden in einer Stille eingenommen, die nur durch das Schlürfen der Suppe gestört wurde. Hectors Mutter kochte für ihr Leben gern Suppen. Manchmal braucht man das, was man erlebt, ganz einfach nur auf ein oder zwei Details zu reduzieren. Hier, in diesem Eßzimmer, konnte niemand es vermeiden, von der Standuhr bestimmt und mitgerissen zu werden. Ein ohrenbetäubender Lärm, dessen auf die Präzision der Zeit zurückzuführende Präzision einen zum Wahnsinn treiben konnte. Diese Bewegung war es, die die Besuche untermalte. Diese schwerfällige Bewegung der Zeit und das Wachstuch auf dem Tisch. Doch bevor wir zum Wachstuch kommen, bleiben wir noch bei der Standuhr. Warum nur haben Rentner eine solche Vorliebe für lärmende Standuhren? Ist das eine Art, die letzten Croutons in Ruhe zu genießen? Oder zu spüren, wie das Herz die letzten, langsamen Schläge tut? In Hectors Elternhaus konnte jede Zeit gemessen werden, auch die, die ihnen noch zum Leben verblieb. Und das Wachstuch! Sie ist einfach unglaublich, diese Leidenschaft all dieser Alten für Wachstuchtischdecken. Brotkrümel lassen sich so herrlich darauf erfühlen. Hector lächelte freundlich, um anzudeuten, daß das Essen gut war. Sein Lächeln erinnerte an das Sezieren eines Froschs. Dabei mußte man alles weit auseinanderziehen, grob vorgehen, eine ausgeprägte Mimik an den Tag legen, als würde man geradewegs einem Pop-art-Bild entspringen. Das sind die Eigenheiten der Nachzügler, dieser ziemlich sympathische Mangel an Raffinesse. Seine Mutter war bei seiner Geburt zweiundvierzig und sein Vater fast fünfzig gewesen.

Irgendwo war eine Generation übersprungen worden.

Hector hatte einen großen Bruder, der zwanzig Jahre älter war als er, es war also ein sehr großer Bruder. Daraus könnte man folgern, daß seine Eltern genau am anderen Ende der Sammelleidenschaft saßen. Sie hatten die Zeugung Hectors (welcher der Anlaß für diesen Bericht ist, danken wir also im Vorübereilen dieser Initiative) an dem Tag in Betracht gezogen, an dem Ernest (der fragliche Bruder) das elterliche Heim verließ. Ein Kind war immer im Haus, und wenn die Wechseljahre nicht gekommen wären, um diesen wunderbaren theoretischen Elan niederzumähen, hätte Hector einen jüngeren Bruder oder eine jüngere Schwester, den/die man ganz sicher Dominique genannt hätte. Dieser Familienplan wurde für originell gehalten, und wie es so oft mit den Dingen ist, die für originell gehalten werden – sie sind es nie. Wir befinden uns hier in einer wenig aufregenden Sphäre, einer Sphäre, in der man Zeit bräuchte, um die Dinge zu verstehen. Das überböte jedes Lob der Langsamkeit. Um es schematisch darzustellen: Ernest wurde geboren, er war das Glück seiner Eltern, und als er das Haus verließ, dachten sie sich: «Eigentlich war es ja gar nicht so schlecht ... Wie wär's, wenn wir noch eins machen würden?» So einfach war das. Hectors Eltern konzentrierten sich niemals auf zwei Dinge gleichzeitig. Ernest war ungeheuer schockiert, als er die Nachricht erhielt: er, der während seiner ganzen Kindheit davon geträumt hatte, einen Bruder oder eine Schwester zu haben. Wir hätten uns auf den Standpunkt stellen können, daß es eine sadistische Seite offenbarte, ein Kind genau in dem Augenblick zu zeugen, wo er wegging, doch weil wir Hectors Eltern kannten, wußten wir, daß der Sadismus nicht ihre Sache war.

Hector sah seinen großen Bruder einmal pro Woche beim Essen der Familiensuppe. Zu viert fühlte man sich wohl. Es herrschte eine Stimmung wie bei einem Quartett von Bach, leider fehlte die Musik. Unglücklicherweise dauerten diese Mahlzeiten nicht länger als gewöhnlich. Ernest redete über seine Geschäfte, und niemand verstand es, ihm jemals die richtigen Fragen zu stellen, um dadurch seinen Aufenthalt zu verlängern. Man war leider wenig beschlagen in der Kunst der Rede und des Fragenstellens. Hectors Mutter – nennen wir sie bei ihrem Vornamen Mireille (und während man diesen Vornamen schreibt, hat man gewissermaßen den Eindruck, immer schon gewußt zu haben, daß sie Mireille heißt; alles, was wir über sie erfahren haben, war auf verblüffende Weise absolut Mireille-typisch) – vergoß jedesmal eine Träne, wenn ihr großer Sohn aufbrach. Hector war lange Zeit eifersüchtig gewesen auf diese

Träne. Er begriff, daß man seinetwegen nicht weinte, weil er sehr schnell wiederkam. Für eine Träne durfte man sich wenigstens zwei Tage nicht blicken lassen. Theoretisch hätte man Mireilles Tränen aufsammeln, wiegen und mit Genauigkeit wissen können, wann Ernest wiederkommen würde: Seht her, das ist eine Acht-Tage-Träne! Eine große Träne, und in dieser Träne, die der Wohnraum verschiedensten depressiven Lebens ist, kehrt Hector wieder in unsere Gegenwart zurück, in eine Zeit der narrativen Unsicherheit, und sieht sich mit einer hundsgemeinen Enttäuschung konfrontiert: Um ihn, der erwachsen ist und einmal in der Woche seine Suppe schlürfen kommt, weint seine Mutter nicht. Plötzlich wird diese Träne, die überhaupt nichts wiegt, zur größten Last, die sein Herz jemals tragen mußte. Wir finden uns damit etwas Offenkundigem gegenübergestellt, nämlich der Tatsache, daß seine Mutter seinen Bruder vorzieht. Auf seltsame Weise fühlt sich Hector fast wohl. Das muß man verstehen, denn es ist das erste Mal in seinem Leben, daß für ihn etwas offenkundig ist.

Unser Held weiß ganz genau, daß das, was er gerade empfunden hat, falsch ist. Das zeugt von beachtlicher Klarsichtigkeit. Seine Eltern haben eine äußerst beschränkte Bandbreite von Gefühlen. Sie lieben alles in der Welt. Das ist eine recht simple Liebe, die vom Schwamm bis zu ihrem Sohn reicht. Dieser vorbildliche Sohn hatte in der Vorstellung, das Opfer einer Nicht-Bevorzugung zu sein, seinen Eltern hinterhältige Absichten, ja sogar einen gewissen Haß unterstellen wollen. In manchen Nächten hatte er geträumt, sein Vater würde ihm ein paar ordentliche Backpfeifen verpassen. Das Bild eines roten Fleckens im Gesicht würde es ihm erlaubt haben, sich lebendig zu fühlen. Irgendwann einmal hatte er geglaubt, Reaktionen bei seinen Eltern provozieren zu können, indem er ein Problemkind würde. Aber er hatte es nie gewagt. Seine Eltern liebten ihn; auf ihre eigene Art, sicher, aber sie liebten ihn. Also mußte er um jeden Preis die Rolle des vorbildlichen Sohnes beibehalten.

♦

Parenthese über Hectors Vater mit dem Ziel zu erfahren, warum dessen Leben ein einziger Schnurrbart ist, und der Entwurf einer Theorie, die besagt, daß unsere Gesellschaft exhibitionistisch ist.

Gelegentlich seufzte sein Vater, und es waren diese Seufzer, aus denen man die Quintessenz seiner Verwicklung in die Erziehung seines Sohnes herauslesen konnte. Im Grunde war dies besser als nichts. Dieser Vater (sagen wir doch einfach ohne Umschweife: dieser Bernard) hatte schon sehr früh einen Oberlippenbart getragen. Dies tat er nicht unüberlegt, wie viele Leute jetzt denken könnten. Er trug diesen Schnauzer ganz gezielt, es war fast ein propagandistischer Akt. Um diesen Bernard zu verstehen, ermächtigen wir uns zu einem kurzen Halt, Zeit für einen Seufzer. Der Vater von Bernard, geboren 1908, war 1940 den Heldentod gestorben. Wobei das Wort Held ein großer Mantel ist, in den man alles hineinstecken kann. Die Deutschen hatten noch nicht angegriffen, die Maginot-Linie war noch immer unberührt, und Bernards Vater lag mit seinem Regiment in einem kleinen Dorf im Osten Frankreichs. Dort lebte eine Frau, die einhundertzweiundfünfzig Kilo wog und sich was ausrechnete, als sie hörte, daß ein Regiment vorbeiziehen würde. Wenn die Männer sie in normalen Zeiten nicht mochten, so hatte sie in Zeiten des Krieges, in Zeiten der Abstinenz, alle Chancen. Kurzum, Bernards Vater beschloß, diesen Berg zu bezwingen, und durch den fehlenden Halt des Bettuchs bei einer Drehung, deren Tragweite wir uns nicht einmal vorzustellen wagen, gab es das, was man gemeinhin einen Erstikkungsanfall nennt. Diese Geschichte, pssst, hatte man der Familie erspart und alles mit dem Wort *heldenhaft* schöngefärbt. Sein Sohn war damals erst zehn Jahre alt. Bernard war also in der Bewunderung seines heldenhaften Vaters großgezogen worden und schlief unter einem Porträt von ihm, das das der Heiligen Jungfrau Maria verdeckte. Jeden Abend und jeden Morgen segnete er dieses Gesicht, dem durch den Tod ein Ende bereitet worden war, dieses mit einem so lebendigen Oberlippenbart versehene Gesicht. Wir wissen nicht genau, zu welchem Zeitpunkt sich die cerebrale Dysfunktion bei Bernard eingestellt hat, die dazu führte, daß sein Leben durch den Oberlippenbart seines Vaters geprägt wurde. Er hatte gebetet, nicht mehr länger bartlos zu sein, und segnete seine ersten Härchen. Als seinem Gesicht endlich die Ehre zuteil wurde, einen würdigen Schnauzer zu empfangen, fühlte er sich Mann werden, sein Vater werden, heldenhaft werden. Mit zunehmendem Alter gab er sich gelassener und verlor nicht gleich die Nerven, als er oberhalb der Lippen seiner Söhne eine jungfräuliche Zone ausmachte. Jeder ging mit seinen Bartstoppeln um, wie er wollte. Bernard dachte, daß alle Männer bartlos geworden wären und es sich um ein Statement unserer heutigen Gesellschaft handeln mußte. Er liebte es, immer wieder zu sagen, daß *wir in einer so schnauzerlosen Epoche leben wie noch nie*. Unsere Gesellschaft schert das Barthaar, das ist der reinste Exhibitionismus! schrie er. Und jedesmal kehrte er nach seinen verbalen Erregungen zu seinen intimen, völlig unbelasteten Gedanken zurück.

♦

Während seiner fast pickelfreien Jugend besuchte Hector regelmäßig seinen Bruder. Er bat ihn um Rat, damit er seine Eltern besser verstehen lernte. Ernest sagte ihm, es gebe keine Gebrauchsanweisung, abgesehen vielleicht davon, Mama glauben zu machen, man würde ihre Suppe himmlisch finden. Man sollte nicht einmal davor zurückschrecken, den einen oder anderen Abstecher in das wenig schätzenswerte Gebiet der Speichelleckerei zu machen, wenn man bei einem Freund übernachten wollte («ich glaube, ich werde eine Thermosflasche mit deiner Suppe mitnehmen, Mama»). Das Problem war nur, daß Hector keine Freunde hatte und schon gar keine, bei denen er übernachten konnte. Seine sozialen Kontakte beschränkten sich oftmals auf den Tausch von

Spielkarten im Pausenhof. Kaum daß er acht Jahre alt war, eilte ihm sein Ruf als furchterregender Sammler bereits voraus. Hector fragte seinen Bruder um Rat, und sehr bald wurde dieser Bruder zum Bezugspunkt in seinem Leben. Es war gar nicht mal so, daß er ihm gleichen wollte, aber es sah danach aus. Genauer gesagt, betrachtete er das Leben seines Bruders und und sagte sich, daß dies vielleicht sein eigenes war. Alles lag in diesem «vielleicht», denn, offen gesagt, kam ihm seine Zukunft nebulös vor. Seine Zukunft war ein Paparazziklischee.

Ernest war hager und hochgewachsen und hatte eine kleine, ziemlich aufregende Rothaarige geheiratet. Hector war dreizehn, als er der zukünftigen Frau seines Bruders zum erstenmal Beachtung schenkte, und er träumte eine kurze Weile davon, wie sie ihn in die Kunst der Liebe einführen würde. Er hatte vergessen, daß unsere Leben zu Romanen des 20. Jahrhunderts geworden waren, anders ausgedrückt, die Epoche der epischen Entjungferungen des 19. Jahrhunderts war vorbei. Er onanierte maßlos, indem er bis zum Tag der Hochzeit an Justine dachte. Die Familie war in gewisser Weise heilig. Kurz darauf brachte Justine die kleine Lucie zur Welt. Wenn ihre Eltern arbeiteten, paßte er häufig auf sie auf, und sie spielten mit ihren Puppen. Er konnte es gar nicht fassen, plötzlich Onkel zu sein. Und der Blick dieses Kindes verstärkte den Eindruck, daß er kein normales Leben führte. Im Angesicht der Unschuld steht man vor dem Leben, das man nicht lebt.

Hector hatte Jura studiert, ohne dabei sonderlichen Fleiß an den Tag zu legen. Nichts interessierte ihn außer seinen Sammlungen. Ach, wenn Sammler doch nur ein Beruf sein könnte! Schließlich wurde er Assistent im Büro seines Bruders, doch weil er kein Diplom vorweisen konnte, barg dieser Posten die Gefahr, der Höhepunkt in Hectors Karriere zu werden. In gewissem Sinn erleichterte ihn das, denn er vermied auf diese Art alle Ängste, die mit Karriereplänen verbunden sind, und die noch schlimmeren internen Kämpfe zwischen den Rechtsanwaltskollegen, denen man die Zähne schleifen müßte. Er hatte bemerkt, daß Erfolg mit Attraktivität einherging. Einige Rechtsanwälte hatten Brüste und Beine, die ihnen sublime Plädoyers versprachen. Hector versank in seinem Stuhl, wenn sie vorübergingen. Diese Bewegung war freilich völlig überflüssig, denn auch wenn er zwei Meter groß gewesen wäre, hätten sie keine Notiz von ihm genommen. Jedenfalls war es so, daß Frauen ihn nur im Halbdunkel seines Zimmers faszinierten und auch nur für ein paar Minuten am Tag. Es kam vor, daß er seiner onanierenden Hand gelegentlich untreu wurde, indem er zu einer Prostituierten ging, was für ihn aber keinen wirklichen Unterschied machte. Während all dieser Jahre ruhten sich die Frauen im Hinterzimmer seiner Erregung aus.♦ Er betrachtete sie, er bewunderte sie, aber er begehrte sie nicht. Na ja, so offen wollen wir doch sein, als Hector dachte, er könne keine Frauen begehren, dachte er in erster Linie, daß er

♦ Wir klammern hierbei die sechs Tage einer ansatzweise glutheißen Liaison mit einem griechisch-spanischen Rasseweib aus.

kein Begehren in ihnen auslösen könnte. Er wurde nicht müde zu betonen, daß seine Zeit vollkommen von seiner Sammelleidenschaft in Anspruch genommen würde. Auch wenn niemand dieses offenkundige Offenkundige bezweifelte, konnte man darauf wetten, daß die erste körperlich von ihm Angezogene ihn in die Horizontale strecken würde. Er dankte seinem Bruder, daß er ihm in dieser Sache half, worauf dieser mechanisch antwortete: «Unter Brüdern hilft man sich doch.» Hector hatte Glück, daß er einen Bruder hatte, der so etwas wie ein Vater für ihn war.

Springen wir zurück zu dem Augenblick, in dem Hector seine Suppe aß. Er hatte seine Eltern seit sechs Monaten nicht besucht. Sie sahen ihn nicht an. Es herrschte eine unglaublich familiäre Atmosphäre. Seine Rückkehr war ein Festtag. Wie schön, ihn nach dieser langen Reise wiederzusehen! «Und, tragen die Amerikaner denn auch Oberlippenbart?» fragte Bernard beunruhigt. Und als vorbildlicher Sohn, der Hector ja war, beschrieb er die Oberlippenbärte der Kalifornier in allen Einzelheiten: Blond und dicht waren sie, wie skandinavischer Seetang. Wir schwimmen geradezu in guter Laune, einer schönen guten Laune, in die man auch ein paar fröhliche Croutons hätte geben können. Und gerade auf dem Höhepunkt dieses unsichtbaren Glücks war es, daß Hector der Gedanke kam, jetzt sei es vielleicht an der Zeit, daß man sich die Wahrheit sagte. Es handelte sich weniger um einen Gedanken als mehr um eine Unmöglichkeit, noch länger seinen Schmerz für sich zu behalten. Sein großes Herz konnte nicht länger im Zaum halten, was er durchgemacht hatte. Zum erstenmal würde er er selbst sein und sich nicht mehr länger in dem Anzug verstecken, den man ihm nach falschen Maßvorgaben zurechtgeschneidert hatte. Das erleichterte ihn, er konnte endlich die Maske abnehmen, an der er zu ersticken drohte. Als er aufstand, hoben seine Eltern den Blick.

«Also, ich hab Euch was zu sagen … Ich habe einen Selbstmordversuch unternommen … und ich war nicht in den Vereinigten Staaten, sondern im Krankenhaus …»

Nach einem Augenblick der Stille fingen seine Eltern an zu lachen, ein Lachen, das alles andere als erotisch war. Wie komisch das war! Sie gluckten über ihr Glück, einen so sanften und so humorvollen Sohn zu haben, den größten aller Hectoren, den witzigsten Sohn! Dieser Sohn, der, wie soll man sagen, ein kleines Glaubwürdigkeitsproblem hatte. Er war der Kategorie «vorbildlicher Sohn» zugeordnet worden, weil er sogar dann zum Essen kam, wenn er keinen Hunger hatte. Und vorbildliche Söhne begingen keinen Selbstmord. Allenfalls betrogen sie ihre Frau, wenn sie nach Hossegor in die Ferien fuhr. Hector blickte seinen Eltern scharf ins Gesicht, aber da war nichts zu lesen, Köpfe wie Telefonbücher. Er war dazu verurteilt, ihr Klischee zu sein. In ihrem Blick nahm er den Widerschein des Menschen wahr, der er am Vorabend gewesen war. Auf ewig würde dieses Verhältnis ein Gefängnis sein.

Seine Mutter liebte es, ihn zur Türe zu begleiten, wie die Stewardessen nach der Landung, wenn man sich beinahe noch bedanken und versprechen muß, demnächst wieder mit derselben Linie zu fliegen. Der Suppen-Linie. Wieder auf der Straße, mußte er immer ein paar Meter gehen, um nicht mehr das Ticktack zu hören, das den Tod ankündigte.

IV.

Hector sieht eine Welle auf sich zukommen, eine Welle, die ihrerseits den gesamten Ozean auf sich zukommen sieht, einen Ozean, der seinerseits das unendliche Universum auf sich zukommen sieht; wen wundert es da, daß er sich klein fühlte.

Nach diesem verfluchten Halbfinale, bei dem man ihm gesagt hatte, daß man sich vor Schweden in acht nehmen soll, die nicht blond sind, hatte er über die Lächerlichkeit seines Lebens geweint. Aus diesem Ekel hatte sich jedoch ein positives Gefühl entwickelt, und es ist der Ekel, aus dem heraus man voranschreiten kann. Hector fand eine Bank. Im Sitzen nahmen seine Ideen Gestalt an. Pathetisches schwamm rings um ihn her. Hector sah Schwedenköpfe auftauchen, und zwar so deutlich, daß er, um einem Stockholmer Wirbelwind zu entgehen, die Augen schloß. Nixon war nun einmal zu nichts nütze, er hatte sich sein Watergate redlich verdient. Nixon war ebender Augenblick, in dem man auf dem Boden der Tatsachen landet. Hector stieß einen Seufzer aus, und da war er plötzlich, der kapitale Vorsatz: Er entschloß sich, mit seinem Sammlerleben abzuschließen. Er mußte versuchen, so wie jeder andere zu leben, die Finger davon zu lassen, nie wieder etwas zu horten. Es war ein kurzer Augenblick der Klarheit, er fühlte sich erleichtert wie noch nie, und trotzdem war es nur ein kurzer Augenblick, denn wie eine niederträchtige Brandung kehrte die Erinnerung an die früher gefaßten Vorsätze zu ihm zurück, die er immer gebrochen hatte. All die Male, als er sich geschworen hatte, mit allem aufzuhören, auf Knien und unter Tränen, und all die Male, bei denen er wieder rückfällig geworden war, etwa wenn er eine Geldmünze gesehen hatte, dann noch eine und dann noch eine. Seine Schlußfolgerung war einfach: Um sich zu entwöhnen, durfte er nichts mehr sammeln, von keinem Gegenstand zwei haben, sich brennend nur noch auf das Einzigartige konzentrieren.

Gerade hatte das Jahr 2000 begonnen, was für Hector ein Hindernis darstellte. Er ertrug die olympischen Jahre nicht, er hielt sie für unheilvoll im Hinblick auf das Wenige, was wir Normalsterblichen zu erreichen versuchten. Diese Vorstellung war mit dem Groll verknüpft, daß die Sammler-Wettbewerbe niemals als olympische Sportart anerkannt worden waren: Wenn ich mich schon von einem Schweden demütigen lassen muß, dann doch wenigstens unter der Sonne von Sydney. Er versuchte, seinen Kopf zu beschäftigen, um sich in diesem Augenblick nicht seinem Kampf gegen die

Sucht stellen zu müssen. Er ging nach Hause und legte den Kalender auf seinen Schreibtisch. Unter dem Datum des 12. Juni notierte er: Tag eins. Und er ballte seine Faust, und zwar so, als hätte er gerade mit einem Passierball einen Matchball abgewehrt.

Danach verbrachte er eine alles in allem aufgeräumte Nacht.

Und er träumte sogar von einer Braunhaarigen, die ihm zuflüsterte: «Sie haben einen Wunsch frei.»

♦

Über die Schwierigkeit, sich auf das Einzigartige zu konzentrieren.

Am folgenden Morgen beging er seinen ersten Fehler, indem er den Fernseher einschaltete. Fast alle Produkte wurden im Zweierpack angeboten. Es gab sogar die Formel «Zwei zum Preis von einer», und sein Herz fing an zu pochen. Er zappte auf einen anderen Kanal und platzte in ein Teleshopping, wo der Moderator erklärte, daß man für «einen Franc mehr» einen Drucker zum Computer dazubekommen könne, was hieß, daß ein Franc doch nur ein symbolisches Staubkörnchen war. Heutzutage muß man, wenn man ein Produkt verkaufen will, gleich zwei anbieten. Wir sind von einer Konsumgesellschaft in eine Doppelkonsumgesellschaft übergegangen. Und bei Brillen dreht man uns ohne Umschweife vier sogenannte Jahreszeitenetuis an, als wäre die Sonne eine übermächtige Persönlichkeit geworden, nach der man sich jederzeit richten muß. In diesem besonderen Fall des vierfachen Konsums war die aktive Aufforderung zum Sammeln mehr als kriminell.

♦

Als der Morgen zu Ende ging, begab sich Hector zur Arbeit. Mit einer gehörigen Portion Angst gestand er seinem Bruder seinen Vorsatz. Ernest küßte ihn fest und schloß ihn ebenso fest in seine Arme, er war stolz auf ihn. Wenn ihre Eltern niemals den feierlichen Ernst eines derartigen Vorsatzes begriffen hatten, so war er doch über die Leidenschaft seines kleinen Bruders besorgt gewesen: keinerlei Sexleben, ein berufliches Leben, das lediglich auf der Unterstützung durch die Familie beruhte («unter Brüdern muß man sich doch helfen»), und Stunden um Stunden, die er damit zugebracht hatte, Käseetiketten zu sammeln. Ernest war, trotz seiner physischen Größe, ein klein wenig sentimental. Er vergoß eine Träne. Vom emotionalen Ausbruch ganz außer Atem, versicherte er ihn seiner ganzen Unterstützung und Liebe. «Man muß sich erst eingestehen, krank zu sein, damit man gesund werden kann.» Er liebte es, große Worte auszusprechen. Dann hatte er einen überaus wichtigen Geschäftstermin. Er war einer der Verantwortlichen von Gilbert Associate & Co., einer Gesellschaft, die 1967 von Charles Gilbert gegründet worden war, und die Verantwortlichen der Gilbert Associate & Co. hatten häufig überaus wichtige Geschäftstermine.

Alle im Büro mochten Hector. Er war ein vorbildlicher Angestellter, der einem immer mit einem Lächeln weiterhalf. Wenn die jungen Frauen ihn auch nicht beachteten, so waren die weniger jungen von seinem, das muß hier einmal gesagt werden, schönen lammfrommen Gesicht zutiefst gerührt. Auch als die Nachricht von seinem Vorsatz im Büro die Runde machte, umgab den mutigen Hector ein großes Geraune des Mitgefühls. Viele Male waren einige Angestellte Zeugen seines Sammlerwahns gewesen. Wie oft hatte er im Vorbeigehen Spuren des Fiebers hinterlassen. Und dieses solidarische Geraune des Mitgefühls entwickelte die Dynamik eines Spendenmarathons im Fernsehen. Den ganzen Nachmittag über kam man zu ihm und klopfte ihm leicht auf die Schulter, viele verloren auch noch ein paar warme Worte. Nur Mut, wir sind mit dem Herzen bei dir, mein Schwager hat vorige Woche mit dem Rauchen aufgehört, meine Frau hat beschlossen, mich sexuell nicht mehr zu befriedigen, mit einem Wort: Er gewann Einblick in alle möglichen Entwöhnungserfahrungen des juristischen Milieus. Der Höhepunkt kam aber, als eine Sekretärin, die so ruhestandsnah wie rothaarig war, einen Korb auf Hectors Schreibtisch stellte. Gefüllt mit Geld! Man hatte eine Kollekte initiiert, um ihn bei dieser Bewährungsprobe zu unterstützen. In den Vereinigten Staaten sind solche Kollekten bei Operationen üblich, weil es keine Krankenversicherungen gibt, die dafür aufkommen, und so erntete man oft Dollarscheine für Nierentransplantationen. In gewisser Weise unternahm Hector den Versuch, sich ein neues Leben transplantieren zu lassen.

Abends, in seinem Zimmer, schaute Hector auf das Geld und dachte sich, daß dieser Betrag der Preis sei, den man bezahlen müsse, um gesund zu werden. Dieser Gedanke wollte nichts besagen, aber er versuchte, sich an seinen Überlegungen zu berauschen, deren Zusammenhangslosigkeit er nur flüchtig streifte, um zu vermeiden, auch nur an eine einzige Briefmarke oder ein einziges Aperitifspießchen zu denken. Weil er die Angewohnheit hatte, Schäfchen zu zählen, um einschlafen zu können, saß er jetzt ziemlich in der Patsche. Damit die Dinge wieder ins Lot kamen, ersetzte er das zweite Schäfchen durch ein Pferd, das Pferd dann durch ein Seepferdchen, das Seepferdchen durch ein Eichhörnchen, und weil wir den Leser nicht zum Einschlafen bringen wollen, beenden wir hier diese Aufzählung, die einen Großteil der Nacht in Anspruch nahm. Aber für alle, die sich an den kleinen Dingen des Lebens erfreuen, sei gesagt, daß es der Fischotter war, der es am Ende schaffte.

Die Tage vergingen, ohne daß sich auch nur der Schatten einer Sammlung abzeichnete. Hector fing an, an seine bis zu diesem Zeitpunkt nicht erprobte Fähigkeit zur Entwöhnung zu glauben. Nichtsdestoweniger warnte man ihn: «Die ersten Tage sind immer die leichtesten» (ein Satz seines Bruders selbstverständlich). So leichte Tage, daß er sich gleich inmitten einer wunderbar flammenden Euphorie wiederfand. Man versuchte ihn zu unterstützen wie einen Kandidaten für ein politisches Amt. Die Rechtsanwälte achteten streng darauf, ihn nicht zweimal am Tag dasselbe zu fragen, und eine

Sekretärin wurde beauftragt, darüber zu wachen, daß er sich niemals mit Dossiers beschäftigte, die ähnliche Fälle behandelten. Hector wurde allmählich immer mehr zu einem Königskind, das man systematisch auf immer neue Weise vergnügen mußte. Man mußte sich fragen, woher ein derart kollektiver Enthusiasmus kam. Es stimmte zwar, daß alle ihn in ihr Herz geschlossen hatten, aber war das ein hinreichender Grund? Eigentlich nicht. In einem extrem konkurrenzbetonten, ganz auf das Erscheinungsbild fixierten Berufsfeld vereinte die Schwäche eines Angestellten (Pünktlichkeit, keine Gefahr für die hierarchische Ordnung) die kollektive Verbitterung in einem gemeinsamen Elan. Hector war wie eine neue Kaffeemaschine in einem Autoreifenunternehmen. Um ihn herum wurde das soziale Netz wiederaufgebaut. Was hier vor sich ging, entging auch dem Personalchef nicht, der schon bald zu predigen anfing, was er als radikale Methode betrachtete. Für die Rentabilität eines Unternehmens gab es nichts Besseres, als einen Depressiven einzustellen und ihm einen Idiotenposten zu geben.

Diese Liebe, die ihn umgab, diese Verwicklung der anderen in seinen Kampf hatten die verheerende Wirkung, ihn zu destabilisieren. Wie ein wahrhaftiger französischer Sportler hielt er dem Druck nicht stand. Dieser Druck bestand darin, nicht zu enttäuschen. Er weinte auf der Toilette und legte Toilettenpapier unter seine Augen, um nur ja nicht gehört zu werden. Er, der bei einem Dutzend von Verhandlungen so stark und so unnachgiebig gewesen war, er, der den chinesischen Bluff und die neuropsychische Konzentration perfekt beherrschte, brach im wahrsten Sinn des Wortes zusammen. Er fühlte sich schwach und schutzlos, ohne Harnisch und Brünne. Um sein Leben zu ändern, kam es ihm plötzlich in den Sinn, müßte er zumindest sterben.

Hector verließ seinen Schreibtisch vor Arbeitsende. Auf der Straße agierten seine Beine so unsicher wie Liebende beim ersten Mal. Irgend etwas trieb ihn in ein Postamt. Als er nach einigen Sekunden erleichtert wieder herauskam, hatte er einen Satz völlig uninteressanter Briefmarken bei sich. Danach empfand er einen unerträglichen Ekel und warf die Briefmarken fort. Philatelie, mein Gott, das war doch die gräßlichste aller Sammelleidenschaften! Wenn er schon rückfällig werden sollte, dann doch bitte auf originelle Weise. Briefmarken, Briefmarken, er hörte gar nicht mehr auf, dieses Wort auszusprechen, das so weh tat. Warum nicht gleich auch noch Geldmünzen? Es war ein ganz billiger, jämmerlicher Rückfall. Er kehrte um. Er wollte sein Schicksal herausfordern in der Illusion, daß er nur wieder umkehren müsse, um seine letzten Taten auszulöschen. Zurück im Büro, den ekelhaften Geschmack der Briefmarken noch auf der Zunge, gelang es ihm nicht, sich wieder an die Arbeit zu machen. Glücklicherweise passierte etwas. Géraldine (die Sekretärin, die auch rothaarig sein könnte) kam mit ihrem üblichen Hüftschwung auf ihn zu, dieser Hüftschwung, der ganz sicher wunderbar in die Sammlung «Winter '54» paßte.

Hector betrachtete sie in Zeitlupe. Ihr Frauenmund öffnete sich.

V.

Bonjour, ich bin Marcel Schubert. Wie der Komponist, fragte Hector, um aufmerksam zu sein, vor allem aber, um das erstbeste auszusprechen, das ihm durch den Kopf ging. Nein, ich schreibe mich Choubert. Als sie dieses Vorgeplänkel hinter sich gebracht hatten, spielte sich im Blick der beiden Männer etwas ab, etwas Sanftes und Intimes, etwas, das offenkundig mit Freundschaft zu tun hatte.

Choubert war Géraldines angeheirateter Neffe. Sie war ihn besuchen gegangen, weil sie wußte, daß dieser Neffe früher einmal an der Sammelsucht gelitten hatte und davon losgekommen war. Sie hatte ganz einfach nur vorgeschlagen, daß sie sich einmal treffen könnten, und Choubert war vor Hector mit den Worten aufgetaucht: «Guten Tag, ich bin Marcel Schubert.» Da er seit 1986 seine Sammlung nicht mehr verändert hatte, besaß er Hector gegenüber einen entscheidenden Vorteil. Er war ein standhafter Passionierter, der gegenwärtig in einer nahezu routinierten Raserei lebte. Er arbeitete in irgendeiner Bank, die es ihm, dank angemessener Zulagen, ermöglichte, seiner Leidenschaft zu frönen. Seine Eltern waren nach Venezuela gezogen (sein Vater war Botschafter geworden, weil es ihm nicht gelungen war, vor seinem dreißigsten Lebensjahr einen Roman zu schreiben) und hatten ihm eine prächtige Wohnung von fünfundsechzig Quadratmetern im zweiten Arrondissement von Paris hinterlassen. Nur wenige Schritte entfernt befand man sich an der Place de la Bourse. Im Augenblick, als die Berliner Mauer fiel, hatte er eine gewisse Laurence getroffen, und seitdem unterhielten sie eine feste Beziehung. Einige müßten Laurence kennen, denn sie war die Angriffsspielerin der Tischtennismannschaft, deren gute Leistungen bei den Weltmeisterschaften in Tokio man allgemein bewunderte. Alle anderen werden sie gleich noch kennenlernen. Marcel und Laurence wollten keine Kinder, das war eine Entscheidung wie jede andere auch. Manchmal hatten sie Freunde zum Abendessen bei sich zu Gast, und zwar immer in einer sehr angenehmen Atmosphäre. War die Stimmung besonders gut, kam man in den Genuß einiger von Chouberts Witzen, während in der Küche schon die Spülmaschine lief.

Bei ihnen war die Welt in Ordnung.

Die wichtigste Information, die Marcel an Hector weitergab, war die über die Existenz eines Treffens Anonymer Sammler. Es fand jeden Donnerstag im ersten Stock eines unauffälligen Hauses statt. Die Concierge hatte gedacht, es handele sich um eine Sekte, doch dank der kleineren Geldgeschenke, die man ihr zusteckte, dachte sie schließlich gar nichts mehr. Hector hörte Marcel zu. Zum erstenmal saß er jemandem gegenüber, der ihn verstehen konnte. Am nächsten Donnerstag begab er sich in seine Obhut. Hector stellte sich den acht Leuten vor, die bei diesem Treffen anwesend waren, und alle drückten ihm ihr aufrichtiges Mitgefühl aus. Er erzählte, wie sein ganzes Leben nichts anderes als eine absurde Verkettung absurder Sammlungen war. Sein Bekenntnis erleichterte ihn zwar, weniger allerdings, was er von den anderen zu hören bekam. Ziel der anonymen Treffen war es, sich nicht mehr isoliert zu fühlen. Die Heilung wurde von dem Augenblick an möglich, wo man das Leiden der anderen wahrnahm. Das war auch die Eigentümlichkeit all dieser Treffen: Was wie ein Solidaritätsgipfel aussah, war das egoistischste Unternehmen, das es gab.

So konnte man merkwürdigen Unterhaltungen beiwohnen:

«Ich habe eine lange Zeit mit Huhulophilie zu tun gehabt, bis März '77, kurz bevor ich dann Klavaloge wurde.»

«Was? Du bist Klavaloge gewesen?»

«Ja, ich mußte mich meiner selbst versichern, mich an irgend etwas klammern.»

«Das war doch immerhin besser als lukanophil zu werden!»

«Ha, sehr witzig!»

Das war nur eine Kostprobe von der Stimmung, die unmittelbar vor den Treffen herrschte. Danach setzten sich alle hin (außer dem, der die Augenblicke sammelte, in denen er stand), und Marcel eröffnete das Gespräch. Jeder redete erst, wenn die Reihe an ihm war, und man hielt sich vor allem bei denen auf, die während der Woche einen Rückfall gehabt hatten. Es war richtig rührend. Was nun Hector betraf, waren alle der Meinung, daß er schon bald von der Sucht loskommen würde. Er sei noch jung und die Krankheit früh erkannt worden. Bei vielen anderen, und hier denken wir vor allem an Jean, der völlig besessen war von Modelleisenbahnen und Feuerzeugen, war nicht mehr viel zu machen. Sie leisteten sich bei den Treffen freundlich und sanft Sterbehilfe. Und dann gab es da noch die beiden Polen, deren Eigentümlichkeit darin bestand, das Vorkommen zweier Polen in Romanen zu sammeln. Ihr Fall schien hoffnungslos.

Am selben Abend noch machte Hector ein paar Liegestütze, was seine Muskeln überraschte. Er schlief auf der linken Seite ein. Das Leben würde einfach sein. An den folgenden Tagen war er bei der Arbeit sehr konzentriert, worauf er ein paar ermutigende Bemerkungen seiner Vorgesetzten bekam. Und Frauenbeine ließen sein Herz höher schlagen. Er ging rüber zur Sekretärin, ohne die er Marcel niemals kennengelernt hätte, und schenkte ihr einhundertzweiundvierzig Porzellanlöffel, Restbestände der bereits erwähnten Sammlung. Sie war sehr bewegt, und ihre emotionale Reaktion machte die Runde. Und da kam auch schon das zweite Treffen. Hector stand aufrecht, nicht ohne einen gewissen Stolz, versicherte, daß er fast gar nicht mehr an Sammlungen denke, und bekam Applaus. Man freute sich über die Freude der anderen, es herrschte eine offene Solidarität. Nach dem Treffen schlug Marcel ihm für den kommenden Samstag einen Ausflug ans Meer vor, einfach um das Meer zu sehen. Und auch, um es zu atmen, fügte Hector hinzu. Ja, auch, um es zu atmen. Genauer gesagt, Marcel war an diesem Wochenende Strohwitwer, weil Laurence auf einem Tischtenniskongreß war, einer Art Familientreffen ehemaliger Tischtennisspieler, und das alles fand in einem Schloß in der Sologne statt.

Im Angesicht des Meeres wurde Marcel zum Poeten. Die Betrachtung des Horizonts verlieh seiner Stimme Flügel. Siehst du, Hector, der Wal da in der Ferne, das ist deine Krankheit ... und gemeinsam, mit vereinten Kräften, tun wir alles, um diesen Wal an Land zu ziehen ... Wenn sie dann endlich hier mit uns an Land kommt, wird deine Krankheit nur mehr ein gestrandeter Wal sein. Es war so schön, daß sie Muscheln aßen. Marcel bestellte Champagner, auch wenn Hector Champagner nicht besonders mochte. Man durfte die Entfaltung seiner Gastlichkeit nicht stören. Er war einer dieser Menschen, die laut reden und ihren Freunden auf die Schulter klopfen. Obwohl er keine athletischen Schultern hatte, kniff Hector in diesen Augenblicken der wahren Freundschaft die Arschbacken zusammen. Beim Nachtisch fragte Marcel seinen neuen Freund, wie er sich das Leben nach der Sammelsucht vorstelle. Dies schlug ein großes Loch in die Unterhaltung. Hector stellte sich gar nichts vor, vor allem nicht die Zukunft. Marcel blieb hartnäckig und beschwor ein schönes Leben herauf, mit einem Hund und einer Frau. Weißt du, Laurence hat sehr attraktive Freundinnen, gut, die Sportlerinnen mit ihren etwas härteren Rücken sind nicht jedermanns Sache, aber sie sind sehr attraktiv. Wenn du willst, machen wir dich mit einer von ihnen bekannt. Was für ein Freund Marcel doch war! Hector ärgerte sich über sich selbst, über sein Mißtrauen, doch im Augenblick eines Gedankenblitzes war er sich ganz sicher, daß Marcel sich in seinem Leben verdammt langweilen müsse, um sich derart in seines einzumischen. Wirklich keine schönen Gedanken, wo Marcel doch eine so gute Seele war.

Marcel sammelte Haare. Natürlich Frauenhaare. Als Mann, dem das Glück zugewandt war, erfreute er sich in seiner Wohnung eines Schlupfwinkels, der seiner Leidenschaft gewidmet war, und Hector wurde die Ehre erwiesen, diesen heiligen Ort besuchen zu dürfen. Um seinen Freund nicht zu kränken, gab er sich ganz begeistert, was so weit ging, daß er einige Ahs und Ohs ausrief, durchaus gekonnt für einen Neuling in Sachen Scheinheiligkeit. Er spürte den Druck derer, denen etwas Intimes anvertraut wird. Dazu muß man wissen, daß man einen Sammler am notorischen Mangel an Interesse erkennt, das er fremden Sammlungen entgegenbringt. Auf hinterhältig freundschaftliche Weise versuchte Marcel, den Rekonvaleszenten Hector zu prüfen. Der erste Raum der Sammlung «Fuchsrot, Jahrgang '77» verlangte einem auf Anhieb Respekt ab. Hector dachte sich, daß ein Haar ohne die dazugehörige Frau wie eine Hand ohne Arm sei. Wenn man der Magie des Frauenhaars folgen wollte, zerschellte man in einem grausigen Nichts. Haare besitzen nicht das Recht, in eine Sackgasse zu führen. Marcel ereiferte sich in einem Vortrag über die siebziger Jahre, hören wir ihm also zu. Seine Einschätzung war, daß keine andere Zeit so von Haaren geprägt wurde wie die Mitte der siebziger Jahre. Niemand hätte das in Frage stellen können – diese Jahre waren unbestritten sehr haarig gewesen. Eine bittere Zeit für Kahlköpfe. Während Marcel seine Theorie fortführte, dachte Hector an seinen Vater und an seine Begeisterung für den Oberlippenbart.

Sie gingen relativ schnell durch die Sammlungen der Blonden von '83 und '84, der Kastanienbraunen von '88 und der Mahagonibraunen aus den Neunzigern. Aus respektabler Höflichkeit fragte Hector, wie Marcel nur alle diese wunderbaren Schätze zusammengetragen habe. Marcel gestand, daß er mit dem Frisör um die Ecke unter einer Decke stecke. Er ruft mich an, sobald er einen seltenen Haartyp da hat, und ich komme vorbei und hole mir den Schatz. Eine einzigartige, problemlose Sammlung, keine Ängste, es gebe keinen Haken. Da kam Laurence herein und schlug vor, das Abendessen vorzubereiten. Hector gähnte, aber das reichte nicht aus, um drum herumzukommen. Er erlaubte sich, seinen Freund zu fragen, ob seine Frau nicht eifersüchtig auf seine Sammlung sei. Laurence eifersüchtig? Marcel war nicht mal mehr in der Lage zu lachen, so sehr alberte er herum. Laurence war offenbar nicht eifersüchtig, und Laurence bereitete einen Braten zu, den sie für ihre Rückkehr aufgehoben hatte. Das war eine ihrer Eigenarten: Sie liebte es, Braten zu essen, wenn sie vom Tischtennis zurückkam. Klasse, sagte Hector. Er hatte sowieso keine andere Wahl. Ohne groß zu fragen, reichte man ihm einen Martini als Aperitif. Marcel blickte ihm geradewegs in die Augen und sagte feierlich: «Ich habe dir meine Sammlung und meine Frau vorgestellt… Du bist jetzt *wirklich* ein Teil meines Lebens!» Hector war bewegt, wirklich ein Teil des Lebens eines anderen zu sein, aber er kam nicht umhin, verlegen zu werden. Er hatte noch nicht gewagt, es zu gestehen, aber für Braten war er nicht zu begeistern.

Laurence rief Hector in die Küche. Sie wollte seine kulinarischen Vorlieben kennenlernen, genauer gesagt seine Vorlieben hinsichtlich der Garzeit des Bratens, und so ging er zu ihr. Tja, weißt du, ich bin da nicht unbedingt festgelegt. Sie trat auf ihn zu, als wollte sie ihn aus nächster Nähe betrachten, und Hector blieb plötzlich gar keine Zeit mehr, die einzelnen Teile ihres Gesichts zu orten, schon gar nicht diese agile Zunge, die sie ihm in den Mund schob. Parallel zu diesem Angriff auf seinen Mund fummelte sie an seinen Hoden herum. Dann löste sie sich genausoschnell wieder von ihm und sagte laut:

«Wunderbar, dann mache ich ihn dir englisch!»

Hector stotterte und machte den Martini dafür verantwortlich. Nichtsdestoweniger hatte er das dringende Bedürfnis, sich noch einmal zu bedienen. Er trank begierig und schloß die Augen, damit er das Gesicht des Freundes nicht sah, den er gerade betrogen hatte, den Freund, der ihm gerade seine Sammlung gezeigt und seine Frau vorgestellt hatte. Er war eine miese Ratte. Da stellte man ihm Frauen vor, und er hielt seine Hoden hin. Es dauerte einen Augenblick, bis er sich darüber klar wurde, daß er sexuell belästigt worden war. Ein Wort schwirrte ihm im Kopf herum, ein unmißverständliches Wort, gleichwohl eines, das er nicht auszusprechen wagte. Nymphomanin. Mein Gott, Marcel lebte mit einer Nymphomanin zusammen. Ebendieser Marcel kam nun auf ihn zu, und als würde er ihm sein schlechtes Gewissen ansehen, fragte er:

«Gefällt dir meine Frau?»

Er beeilte sich, nein zu sagen, bevor ihm die Taktlosigkeit einer solchen Antwort klar wurde, also nahm er es schnell zurück und sagte ja, natürlich. Hector war kein As, was Umgangsformen betraf. Warum passierte ihm diese Geschichte? Er schwitzte, und Marcel kam nah an sein Ohr heran und flüsterte ihm zu, daß Frauen, die Tischtennis spielten, eine Art hätten, die Dinge in die Hand zu nehmen, hmmm, du weißt schon, was ich meine. Hector wurde durch ein paar Ohrfeigen wieder zum Leben erweckt, und Marcel begleitete ihn nach Hause.

Marcel steckte ihn ins Bett und sagte immer wieder, er könne ihn jederzeit anrufen. Hector verbrachte eine schlechte Nacht, er wurde von Bildern alter Sammlungen gequält, er träumte von vollgepfropften Schränken, wo es an nichts fehlte. Er klammerte sich an seine Träume und hätte am liebsten die Augen nie wieder geöffnet. Doch frühmorgens klingelte es an seiner Tür, und das Klingeln war so ausdauernd, daß es nicht erlaubte, sich totstellen. Ihm wurde ein riesiges Paket geliefert, das – einmal von dem schwitzenden Boten im Wohnzimmer abgestellt – dort thronte wie ein Diktator nach dem gelungenen Putsch. Im Halbschlaf öffnete er das Ding und sah sich, grob geschätzt, plötzlich zweitausend Champagnerkorken gegenüber, obenauf eine Karte, auf der stand:

Monsieur Honoré Delpine, verstorben am 12. Oktober, hat Ihnen seine Korkensammlung vermacht.

Das war eindeutig zuviel für ihn. Er gab sich ja Mühe, so zu sein wie jeder andere, doch nichts zu machen, man bombardierte ihn mit Flaschenkorken. Es gab immer ein paar Tote, die sich ausreichend langweilten, um uns das Leben zu vermiesen. In ihrer Einsamkeit beschleunigten sie die Bewegungen der Lebenden. Durch Hodengegrapsche bereits angeschlagen, durch die Kuriersendung einer Korkensammlung endgültig niedergestreckt, blieb nur noch, diesem Leben ein Ende zu setzen, diesem Leben, dem man den Spiegel vorhielt. Dieses Leben, das seine Vergangenheit zum Vorbild nahm. Wie sollte er in diesem Augenblick wissen können, daß er sich daran klammern mußte, um seinen seltsamen Fortgang zu erfahren? Sein Handeln verschwamm zusehends, und so stürzte er zur Metro, wo er eine Verabredung mit seinem fehlgeschlagenen Selbstmord hatte und, nebenbei bemerkt, auch mit dem Beginn unseres Buchs.

VI.

Sechs Monate später kehrte unser Pseudoheld aus den Vereinigten Staaten zurück, diesem großen Land, das er so wenig kannte wie das Glück. Die Concierge versuchte, das Weihnachtsgeld aus ihm herauszukitzeln, und ein alkoholkranker Nachbar (Pleonasmus) versuchte, ihn auf dem Weg in seine Wohnung aufzuhalten. Als er endlich in seiner Wohnung gesessen hatte, hatten wir innegehalten, um in die Vergangenheit zurückzukehren. Während dieser ganzen Nacht hatte Hector nicht geschlafen. Nach sechs Monaten der Rekonvaleszenz mußte er sich Mut zusprechen, um wieder ein normales Leben zu beginnen. Das war der Ausdruck, den der braungebrannte Arzt gebraucht hatte: «Das normale Leben, alter Knabe, Sie steigen wieder ein ins normale Leben.» Man mußte also mindestens einen Selbstmordversuch hinter sich haben, damit der Arzt «alter Knabe» zu einem sagte. Das normale Leben, das Leben ohne Sammlung. Dieses Mal war er geheilt. Eigentlich konnte er nicht genau sagen, wie, auch nicht, in welchem Augenblick die Heilung abgeschlossen gewesen war, doch während des langen Krankenhausaufenthalts hatte er seine Vergangenheit gründlich durchgewaschen. Er hatte den Eindruck, daß die Partikel eines anderen Menschen es geschafft hatten, sich in ihm festzusetzen.

Sein Bruder rief ihn an, um ihn zu fragen, was er nun zu tun beabsichtige. Er hatte ihm zwar einen sechsmonatigen Urlaub zugestanden, aber jetzt, wo er sein Comeback gefeiert habe, müsse er ihm sagen, wann er seine Arbeit wiederaufzunehmen gedenke. Er wagte es nicht zuzugeben, daß der eigentliche Grund, ihn so unter Druck zu setzen, darin lag, daß er der Firma fehlte! Ohne ihn hatte das Unternehmen wieder eine unbarmherzige Gangart angenommen, dallasartige Verhältnisse. Hector jedoch bat um eine weitere Woche Urlaub, und zwar aus einem ungewöhnlichen Grund: Er sah überhaupt nicht aus wie jemand, der in den Vereinigten Staaten gewesen war. Und heutzutage ist von grundlegender Bedeutung, daß man danach aussieht, was man tut. Zudem sprachen die, die hingefahren waren, alle nur von den *States*, und je länger ihr Aufenthalt gewesen war, desto länger zogen sie das A, womit sie eine gewisse Intimität andeuten wollten, die wir Dagebliebenen nicht ansatzweise erfassen könnten ... *Staaaaaaaaaates*. Diese Intimität war so etwas wie ein Beweismittel. Er brauchte also diese eine Woche, um alles über die Vereinigten Staaten herauszufinden. Eine Woche, um – geheilt und mit einem Alibi, das die wenig glorreichen sechs Monate seines Krankenhausaufenthalts zubetonierte – die Arbeit wieder anzutreten.

In der François-Mitterand-Bibliothek fragte er nach der Signatur für die Vereinigten Staaten, um letztlich im Geographie-Saal zu landen. Hector bereitete es Vergnügen, seinen Finger über die Einbände gleiten zu lassen, er erinnerte sich an eine alte Sammlung, ohne das geringste Herzklopfen. Wie hatte er nur so dumm sein können? Er überlegte, ein paar Liegestütze auf dem weichen Boden zu machen, um dem wiedergewonnenen Stolz auch physisch Ausdruck zu verleihen. Schließlich stand er vor dem *Atlas der USA*. Er streckte seinen Arm danach aus, und ebendieser Arm stieß mit einem anderen Arm zusammen. Und er mußte diesen anderen Arm zurückverfolgen, um sich darüber klarzuwerden, daß er einem menschlichen Auswahlexemplar weiblichen Ursprungs gehörte. Er war gerade mit einer Frau in einen Wettstreit um dasselbe Buch eingetreten. Sie war die erste, die sich höflich entschuldigte. Er wiederum beharrte galant darauf, daß sie das Buch ruhig nehmen solle. Das Zusammentreffen von Höflichkeit und Galanterie hatte die nachstehende Entscheidung zur Folge: Man würde sich das Buch teilen, man würde sich gemeinsam hinsetzen und versuchen, sich beim Umblättern nicht allzusehr auf die Füße zu treten. Auf dem Weg zur Leseecke kam Hector, ohne genau zu wissen, warum, ein kroatisches Sprichwort in den Sinn, das besagte, daß man die Frau seines Lebens häufig vor Büchern treffe.

Das Buch hätten wir schon mal.

«So, Sie interessieren sich also für die Vereinigten Staaten?» fragte sie.

«Ja, ich war gerade drüben.»

«Ah, Sie kommen gerade aus den *Staaaaaaaaaates*?»

«Ja, und ich glaube fast, Sie auch.»

Sie schwammen in einem See von gemeinsamen Ansichten und glücklichen Fügungen. Und um diesen schönen Zufall noch auszuschmücken, überbot jeder die Bemerkungen des anderen, wobei jeder seinen Blick auf den Atlas heftete. Ja, Boston ist großartig, eine schöne Ansiedlung von 8322765 Einwohnern. Und Kansas, ist doch verrückt, einfach so vom Bluewich-Längengrad durchwandert zu werden. Kurz gesagt, man breitete sich aus auf dem Feld der weltenbummlerischen Mythologie. Dabei hätte es gereicht, wenn einer der beiden wirklich in den Vereinigten Staaten gewesen wäre, um sich über den Schwindel des anderen klarzuwerden. Wenn zwei Menschen über einen Gegenstand diskutieren, von dem sie beide keine Ahnung haben, ist es nur wenig wahrscheinlich, daß sie sich auf die Schliche kommen. Da geschah es, daß Hector einen fatalen Fehler beging, als er seine Atlas-Partnerin fragte, warum sie sich so sehr für die Vereinigten Staaten interessiere. Sie erklärte ihm, sie sei Soziologin. Dieses Wort verwirrte ihn dermaßen, daß er eine ganze Weile brauchte, bis er verstand, daß sie seine Frage an ihn zurückgegeben hatte. Fast spielten sie Tischtennis. Er war verloren und wußte nicht, was er sagen sollte. Und wie so oft, wenn man nicht weiß, was man sagen soll, sagt man die Wahrheit.

«Ich möchte, daß die anderen glauben, ich wäre hingefahren.»

Er dachte, jetzt würde sie ihn für verrückt halten, doch was sie für verrückt hielt, war diese Fügung. Auch sie hatte ihn das glauben machen wollen! Völlig hingerissen fragte Hector nach dem Namen der Mademoiselle, und schwups, saß Brigitte neben ihm. Auf eine völlig sonderbare Weise hatte er ihren Namen wissen müssen, um sie, zu guter Letzt, schön zu finden. Für das Unbekannte hatte er keine Augen, und so beruhigte ihn der Vorname einer Frau.

Bevor er ihn in Panik versetzte.

Brigitte, das klang vielversprechend. Ein bißchen komisch zwar, aber warum nicht? Unglücklicherweise kann man sich die Vornamen der Menschen, die man trifft, nicht aussuchen. Sie war der Typ Frau, die einen dazu brachte, Tee zu trinken. Am Abend würde sie an Hector denken. Sie gaben sich das Versprechen, sich am nächsten Tag wiederzusehen. Brigitte war es nicht gewohnt, Leute auf der Straße kennenzulernen, noch weniger in Bibliotheken und schon gar nicht bei der Suche nach demselben Buch. Wahrscheinlich würde sie ziemlich schlecht schlafen und öfter wach werden, als sie in ihrem Leben etwas erlebte. Man kannte die Brigitten nicht sonderlich gut. Ganz sicher aber war sie nicht unglücklich gewesen, ihre Eltern waren wunderbare Rentner, ihre Geschwister wunderbare Geschwister. Und vor allem hatte sie prächtige Waden.

♦

Trotzdem muß man eines wissen. Wie ein Feenmärchen umgab Brigitte ein Geheimnis. Als Kind war sie im Gras eingeschlafen, das seitdem dort nicht mehr wuchs. Sie hatte vor sich hingedöst, und ihre kleinen Kinderaugen hatten den Wind eingefangen und die Zukunft und auch ein paar Erinnerungen. Ihre Gedanken an jenem

Tag waren süß wie das Erwachen und das anschließende Entschlummern. Da dachte ein Schmetterling, es wäre eine gute Idee, sich auf ihre Nase zu setzen, und in einer gigantischen Großaufnahme hatte Brigitte das Majestätische seiner Bewegungen betrachtet. Er war lange auf ihrer Nase sitzen geblieben, lange und artig. Brigitte hatte die Welt durch den Schmetterling hindurch gesehen, seine nahezu transparenten Flügel hatten ein märchenhaftes Prisma geboten. Als er dann wieder davonflog, folgte Brigitte ihm mit ihren Blicken, so lange sie konnte. Sie blieb noch lange verwirrt über diesen Augenblick, in dem sie die Welt durch die Flügel eines Schmetterlings hatte betrachten können. Sie hatte Angst, daß ihr von nun an alles häßlich erscheinen könne. Und doch hatte sie in diesem verzaubernden Augenblick eine seltsame Überzeugung gewonnen. Es war die Gewißheit, daß sie mit einer seltenen Gabe ausgestattet war. In ihr hatte sich gerade eine einzigartige Fähigkeit entwickelt, die sich eines Tages offenbaren würde.

♦

Es war richtig rührend, ihnen am nächsten Tag bei ihrem Rendezvous zuzusehen. Es lag beim Mann zu reden, und der Mann war Hector. Weil sie die Soziologie erwähnt hatte, fragte er: Warum gerade *Soziologie?* Sie wollte lächeln, aber weil sie nicht richtig entspannt war (sie würde mindestens sechsundzwanzig Tage brauchen, bis sie auftaute), erklärte sie, daß sie im Rahmen ihrer Doktorarbeit *Die Einsamkeit im großstädtischen Umfeld* erforschen würde. Es handelte sich tatsächlich darum, sechs Monate in Paris ohne jede soziale Bindung zu verbringen. Deshalb hatte sie ihren Eltern und einigen ihrer Freunde erzählt, sie wäre in die Vereinigten Staaten gereist. Auf der anderen Seite des Ozeans würden sie wohl kaum den Wunsch verspüren, sie zu stören.

«Ich habe seit sechs Monaten kein Wort gesprochen. Das ist auch der Grund, weshalb ich gestern den Mund nicht aufbekommen habe», sagte sie.

«Ach so», sagte Hector.

Nach dieser euphorischen Antwort beschlossen sie, gemeinsame Sache zu machen. Unter falschen Reisenden in die *Staaaaaaates* mußte man sich doch beistehen. Sie machten es sich in großen Sesseln bequem, um sich gegenseitig zu prüfen. Ihr Wissen über die Vereinigten Staaten war proportional zu ihrem Wunsch, sich zu sehen und wiederzusehen. Nach wenigen Tagen blieb ihnen nichts anderes übrig, als neue Staaten zu erfinden.

Zum erstenmal in seinem Leben machte Hector sich Gedanken darüber, ob er Gefallen erregen könnte. Er betrachtete sich lange im Spiegel und kaufte sich eine Krawatte. Er war gezwungen, darüber mit Marcel zu sprechen, denn der war ein Spezialist in Sachen Frauen, zumindest was ihre Haare betraf. Marcel war noch nie so glücklich gewesen, jemandes Freund zu sein. In der Bar, in der sie sich trafen, gab es sogar alkoholische Getränke. Das Lokal erinnerte an ein einziges riesiges Plumpsklo. Marcel sprach ein bißchen zu laut und gestikulierte in alle Richtungen – es war seine Art, sich in Hectors Liebesangelegenheiten einzubringen. Er machte dies zu seiner Herzensangelegenheit, und trotz seiner Rollen des abenteuerlichen Alkoholikers, der russischen Sportskanone, trotz seiner unzähligen Rollen erkannte man unter all dem Staub den Gefühlsmenschen in ihm. Allein die Tatsache, die Möglichkeit des potentiellen Eintritts einer Frau in das Leben seines Freundes heraufzubeschwören, trieb ihm Tränen in die Augen. Und obwohl er sonst derjenige war, der beschwichtigte und beriet, war es nun an Hector, ihm wieder zu seiner guten Laune zu verhelfen. Sentimentale Geschichten brachten Marcels Herz immer in Wallung, sie begossen es mit Rosenblättern.

Als sie die Bibliothek verließen, waren Hector und Brigitte ein Paar. Ohne genau zu wissen, was das Schicksal mit ihnen vorhatte, traten sie nebeneinander dem Leben gegenüber. Es waren diese der Liebe noch vorausgehenden Augenblicke, in denen man sich in der Unschuld des offen Ausgesprochenen preisgab. Hector sprach von seiner Vergangenheit als Sammler, Brigitte gestand ihm, sie hätte bis siebzehneinhalb Pickel gehabt; am Ende lachten beide aus vollem Herzen, wie alle anderen, die sie in den öffentlichen Parkanlagen aus vollem Herzen hatten lachen sehen. Das ist einer der seltenen Augenblicke, in denen die Idiotie zur Tugend wird. Ein neues Leben begann also, und um es in einem poetischen Ausbruch zu feiern, gab es in diesem Augenblick den Zauber eines aufklarenden Himmels nach einer düsteren und ganz sicher bösen Wolkenwand. Und während

Hector Brigitte beobachtete, war er sich seiner Sache immer sicherer. Er fühlte sich so präsent wie eine Limousine vor der Ausgangshalle eines Flughafens. Brigitte, die gewöhnlich in ihrer Zurückhaltung gefangen war, taute auf, ohne doch viel über das erotische Potential zu wissen, das verschwenderisch in ihr schlummerte.

Erotisches Potential, der Ausdruck allein war erregend. Damit eröffnete sich uns die unmittelbare Hoffnung auf Sinnlichkeit. Brigitte, die niemals irgendwo nominiert worden war, stand ganz vorne auf der Bühne. Das letzte Mal, daß Hector eine Frau nackt gesehen hatte, war – wie sollte es auch anders sein – auf der Mattscheibe. Der Gedanke an Sex war ein Fisch, der eines Morgens mit Beinen aufwachte. Nach dem Verlassen der Bibliothek hatten die künftigen Geliebten wenig gesprochen. Brigittes Wohnung lag im fünften Stock eines Hauses im Stadtzentrum, der Lärm, der von der Straße hinaufdrang, wiegte das Zimmer in Schlaf. Die Miteigentümer hatten erst kürzlich für den Einbau eines Aufzugs gestimmt. Sie ließen sich also hinaufgleiten, um sich alsbald zu lieben. Hector gab sich als alter Hase und zog den Vorhang halb zu. Natürlich hätte er es vorgezogen, die Hand vor Augen nicht mehr zu sehen. Er hatte Angst, daß ihre Körper nicht auf der Höhe dieser Begegnung wären. Er verharrte einen Augenblick vor dem Fenster, einen Augenblick, der sich ziemlich in die Länge zog, einen Augenblick, der eigentlich kein Augenblick mehr war, sondern der Entwurf zu einer Ewigkeit. Hinter ihm regte sich der Körper einer Frau, der von nichts mehr verhüllt wurde. Hector hatte das Geräusch der zu Boden gleitenden weiblichen Kleidungsstücke vernommen, dieses stumme Geräusch, das der Existenz männlicher Ohren einen Sinn gibt. Brigitte lag nackt unter dem Bettuch. Hector hob das Laken an. Vor der Anmut dieses Augenblicks fiel er, immer noch aufrecht, ganz in sich zusammen. Seine Wirbelsäule rutschte in seine Füße. Auge in Auge mit der Erregung war Hector Leib ohne Fundament. Er legte seinen Körper auf ihren Körper, legte seine Lippen auf ihre Lippen. Alles war nur eine Frage der Stille. Der Stille vor dem Beginn der Prozessionen. Beide glaubten, in einer Kirche Liebe zu machen.

Wenige Minuten später wurde Hector vom Schmerz des überfallartigen Glücks erfaßt. Auch Brigitte fühlte sich nicht ganz wohl. Sie ballte die Fäuste. Nach einer längeren, systematischen Atempause liebten sie sich noch einmal. Mehrere Male und wieder mehrere Male. Als die Nacht hereingebrochen war, zog Hector sich an. Er wollte unter dem Sternenhimmel nach Hause gehen. Brigitte küßte ihn auf dem Treppenabsatz. Kaum war er draußen, dachte er schon wieder an die Schultern dieser geliebten Frau und an ihren Nacken an diesem Nachmittag. Er fing an zu taumeln. Das Gefühl nagte an seinen Beinen. Er gestattete sich ein paar Umwege auf dem Weg nach Hause. Er betäubte sich mit seinem Glück. Er dachte wieder an Brigittes Körper, er wollte sie unter einer Lupe betrachten, im Aufzug ihren Rock hochziehen und zwischen ihre Schenkel schlüpfen. Durch den

Körper des anderen, den Körper der Frau, wie sollte man es sagen, hatte er den Eindruck, wieder reingewaschen zu sein war. Durch den Körper des anderen macht man Fortschritte, durch den Körper des anderen gelangt man in den Zustand der Unschuld.

Hectors Nacht des Umherirrens endete im Büro. Sein Bruder kam pünktlich wie immer. Er war überrascht, Hector so früh dort zu sehen, aber Hector konnte nicht länger warten, er war die ganze Nacht auf den Beinen gewesen! Er wollte seinen Bruder sehen, um ihm eine große Neuigkeit mitzuteilen. Seine Hochzeit. Ja, er würde Brigitte heiraten! Ernest ging hundert Schritte auf Abstand (das war die notwendige Mindestentfernung), um seine rasende Freude zum Ausdruck zu bringen. Er zog sein Adreßbuch hervor, um alle, alle darüber in Kenntnis zu setzen. Hallo, sitzt du gut? Zwei Stunden später, als er sich verfluchte, daß er nicht mehr Menschen kannte, durchforstete er sein Adreßbuch ein weiteres Mal und verkündete die herrliche Nachricht noch einmal. Bei Gilbert Associate & Co. wurde ein Umtrunk organisiert, um das Ereignis zu feiern. Es gab eine wunderbare Auswahl an Appetithäppchen, Hector geriet angesichts der Aperitifspießchen jedoch nicht in Verwirrung. Marcel war natürlich eingeladen (Laurence konnte sich nicht freimachen, denn sie hatte eine äußerst wichtige Trainingseinheit in Vorbereitung auf einen äußerst wichtigen Wettbewerb zu absolvieren). Um sechs wurde triumphal der Champagner geliefert, und man umarmte sich nicht zu knapp. Klangvolle Hipp-

hipphurras wurden auf Hector ausgebracht, und endlich fragte man ihn, wie die Glückliche denn heiße. Und in dem Moment, wo er den Vornamen «Brigitte» aussprach, erinnerte er sich daran, daß er die Glückliche über seine Absichten noch gar nicht in Kenntnis gesetzt hatte.

♦

Brigitte war den ganzen Tag über von einem seltsamen Paradox gequält worden: Gerade, als sie in die großstädtische Einsamkeit hatte abtauchen wollen, hatte sie den Mann getroffen, der offensichtlich der Mann ihres Lebens war. Sie überlegte, das Thema ihrer Doktorarbeit zu ändern, zog es dann aber vor – aus der Überlegung heraus, daß das Glück etwas Egoistisches war – ihre fundamentale Erkenntnis für sich zu behalten: Um die Liebe zu finden, muß man die Einsamkeit suchen.

♦

Hectors Hirn war bis zum Rand voll mit Brigittischen Reizen, und so hatte er mißachtet, daß es eine der Eigenheiten von Hochzeiten ist, daß sie zwei Menschen zusammenführen. Letztlich war es nicht so wichtig, es handelte sich doch ohnehin um etwas Offenkundiges. War es nicht verzeihlich zu vergessen, seine Absichten zu verkünden, wenn sie so ins Auge stachen? Es war eine Tatsache, sie würden heiraten. Und noch am selben Abend, als man zu einer zweiten Nacht zusammenkam, wurde die Sache schnell ausgehandelt. Heiraten wir? Ja, wir heiraten. Wie unkompliziert sie doch waren, dieser

Hector und diese Brigitte. Man hätte sagen mögen: Schweizer Helden. Das Sexualleben hielt, was seine anfängliche Vorherrschaft versprochen hatte und entwikkelte sich prächtig. Brigittes Waden wunderten sich selbst über ihre olympische Geschmeidigkeit, Hector outete sich als begeisterter Ohrläppchenknabberer. Unter den Bettlaken wurde man anonym. Sie übten sich darin, sich in allen Sprachen ja zu sagen. Morgen mittag würde Brigitte die Porreestangen schälen, und ihre Abfälle würden wieder mal faszinierend sein.

Liebende empfinden immer zwei Gefühle, die mit knapper Not an einer leichten Hysterie vorbeirauschen. Eines ist, daß sie das Leben plötzlich in all seinen Facetten wunderbar finden. Der Alltag macht auf der Stelle eine Diät, und die Sorgen, die das Leben aller respektablen Alleinstehenden belagern, lösen sich in einer neuen Leichtigkeit auf. Das Leben erscheint ihnen schön, mit dem gleichen Mangel an Klarsichtigkeit, der später wieder auftreten wird, wenn sie angesichts der Schönheit ihres häßlichen Kindes völlig aus dem Häuschen geraten. Das zweite Gefühl ist das eines großen Rauschs. Hector zum Beispiel berauschte sich an dem Ausdruck «meine Frau». Er jubelte ihn jedem Satz unter. Wenn man ihn auf der Straße nach der Zeit fragte, antwortete er: «Das kann ich Ihnen nicht sagen, aber wenn meine Frau da wäre ... meine Frau hat eine hübsche Armbanduhr ...» Brigitte wurde fast zu einer zweiten Mrs. Columbo. Den Ausdruck «meine Frau» in jeden Satz zu stopfen war von einer erschreckenden Einfachheit. Man konnte sogar innovativ sein, indem man international operierte. Sich auf abwegigen Pfaden einer amerikanischen Piste zu bewegen, war zweifelsohne der kitzlige Höhepunkt des Genusses; ein gut plaziertes *my wife* war schicker. Bald schon würde Hector das legendäre *you fuck my wife* wagen. Glücklich wie er war, würde er nicht zögern, sich mindestens für Robert De Niro zu halten.

Oberste Priorität aber hatte es, Brigittes Bruder kennenzulernen. In der Familie hatte er von jeher die Rolle des Entscheidungsträgers gespielt. Eine Art Pate, ein Handkuß war das Mindeste. Selbst Brigittes Vater fällte keine Entscheidung, ohne vorher mit seinem Sohn darüber zu sprechen. Gérard hatte nicht besonders viele Gehirnzellen, dafür aber sehr kräftige Oberschenkel. Er hatte an dem berühmten Radrennen Paris-Roubaix teilgenommen, war dort aber unglücklicherweise auf einen Kieselstein gefallen, der ihm den Schädel eingedrückt hatte. Wenn man noch die Dopingvorwürfe der vorhergehenden Jahre in Betracht zieht, dann hatte dieser Sturz ihn so unvermeidlich in einen Jammerlappen verwandelt, daß bestimmte böse Zungen ihn nur noch *Wischmop* nannten. In diesem Spitznamen lag etwas Ungerechtes, hatten die Undankbaren doch sehr schnell Gérards Stunde des Ruhmes vergessen, als er beim Rennen Ouarzazate-Casablanca aufs Podium gefahren war. Hinterher war es sehr einfach zu kritisieren. Brigittes Familie war gedanklich bei diesem Sieg stehengeblieben. Schade, daß es überhaupt kein Beweisfoto dieser großen Leistung gab. Lediglich ein fabelhaft gerahmtes

Foto auf dem Büffet der Eltern gab Zeugnis von diesem Ereignis. Dieses Foto, auf dem man Gérard von jungen, ein bißchen mickrig geratenen, doch sicher überaus kämpferischen Männern umgeben und einen Pokal im Wind und Staub schwenkend sah (die bösen Zungen, die ihn «Wischmop» nannten, behaupteten, daß dieses Foto in einem Atelier in Bobigny aufgenommen worden wäre, nichts als Verleumdungen). Dieses heroische Bild war es jedenfalls, das Gérard zum unangefochtenen Leader der Familie machte. Mit anderen Worten: Um sich die Chance zu erhalten, ganz offiziell die Frau seines Lebens zu seiner Gattin zu machen, mußte sich Hector intensiv mit Gérards Radsportvergangenheit beschäftigen.

Das Glück schien ihm plötzlich wirklich treu zu sein, denn er genoß das Privileg, zu seinem – zugegebenermaßen weiteren – Bekanntenkreis den Sohn von Robert Chapatte zählen zu dürfen. Einige der wenigen Begegnungen mit ihm reichten aus, um sich in jemanden zu verwandeln, der in Fragen des Übersetzungsverhältnisses bei Gangschaltungen unschlagbar war und der es immer noch nicht begreifen konnte, wie Laurent Fignon sich die Tour von '89 durch ein paar lausige Sekunden von Greg LeMond hatte wegschnappen lassen können. Brigitte war stolz auf ihren sportlichen zukünftigen Ehemann, der Verlauf des Gipfeltreffens der beiden Männer ihres Lebens beunruhigte sie nicht. Hector warf sich in Schale (so wenig selbstsicher, wie er war, zweifelte er sogar, ob das angemessen war). Seine gelbe Krawatte wurde immer blasser. Es blieb ihm nur, die richtige Körpersprache zu finden. Alle Wettkampfsportler wissen das: Der erste Blick ist alles entscheidend. Man muß die Initiative noch vor dem Anpfiff zu ergreifen wissen. Während Brigitte in der Küche gefüllte Tomaten zubereitete, das Lieblingsgericht ihres Bruders, setzte sich Hector aufs Sofa, stand wieder auf, ging zum Fenster, versuchte zu rauchen, nein, das war ganz und gar nicht sportlich, stützte eine Hand auf den Tisch, um nonchalant zu wirken, spielte den Beeindruckten und wollte sich im nächsten Moment wieder aus dem Staub machen. Schweißgebadet suchte er nach der idealen Haltung, als ihm plötzlich eine Idee durch den Kopf schoß, die selbst nicht so recht wußte, warum sie sich dort befand. Eine geniale Idee, nämlich die von den *hinter dem Rücken verschränkten Armen.*

Es klingelte.

Gérard kam herein und entdeckte den, der den Anspruch auf die ehrenvolle Rolle des Schwagers anmeldete. Die gelungene Überraschung war sofort in seinem Blick erkennbar. Hector hatte einen genialen Einfall gehabt. Es war ziemlich eigentümlich, von einem Mann empfangen zu werden, der seine Arme hinter dem Rücken verschränkte. Fast hätte man meinen können, er sei der Majordomus. Ehrerbietung lag in der Luft. Diese Haltung war wirklich unglaublich bewegend. Wie bei einem Zinnsoldaten war der Oberkörper leicht vorgeneigt. Gérard wußte nicht, wie man angesichts auf dem Rücken verschränkter Arme reagieren sollte. Doch war er nicht der Typ, der sich lange an dem flüchtigen Echo einer Überraschung aufhielt. Er ging auf Hector zu, mit kräftigen Schritten, Schritten eines Mannes, der einmal die Stufen des Podiums des Rennens Ouarzazate-Casablanca erklommen hatte. Wieder und wie in allen großen Augenblicken seines Lebens gab es dieses Gefühl von Wüste und trockener Kehle. Man konnte die Tragweite in dieser Begegnung förmlich atmen. Brigitte und die gefüllten Tomaten verhielten sich stumm. Hector, mit den Armen hinter dem Rücken verschränkt, tat alles, um nicht wie eine Statue zu wirken, er versuchte ein Lächeln, was eigentlich nichts anderes war als das Zucken eines in den letzten Zügen liegenden Jochbeins.

Und in diesem Augenblick ereignete sich das folgende.

Hector war es nicht gewohnt, die Arme hinter dem Rücken zu verschränken. Noch nie war er von der Polizei festgenommen worden, und noch nie hatte er die Bekanntschaft einer Domina gemacht. Daher nutzten seine *verschränkten Arme hinter dem Rücken* ihre neue Aussicht aus und erstarrten, um die Ära der strengen Vorherrschaft der Arme vor dem Körper zu kompensieren. Anders ausgedrückt, und dies dauerte nahezu zwei Sekunden, eine Ewigkeit in dieser Situation: Gérards rechte Hand verhungerte im freien Raum. Brigitte war beunruhigt: Wieso nur reichte er ihm nicht die Hand? Wie hätte sie denn auch wissen können, daß Hector das Opfer einer Vergeltung der *hinter dem Rücken verschränkten Arme* geworden war? Eine Vergeltung, die er nur mit großer geistiger Kraftanstrengung bekämpfen konnte, bis sich endlich seine rechte Hand wieder entkrampfte. Nur daß sie so schnell hinter dem Rücken hervorschoß (eine wahnwitzige Bewegung), daß sie auf der Höhe von Gérards Hand nicht mehr innezuhalten vermochte, sondern in gerader Linie auf dessen Nase Kurs nahm, wo sie krachend aufschlug.

Gérard torkelte rückwärts, etwa so, wie es der Turm von Pisa in einhundertzweiundfünfzig Jahren, vierzehn Tagen und zwölf Minuten tun wird.

Für den Bruchteil einer Sekunde glaubte Brigitte, daß es sich um eine vorsätzliche Tat handelte. Wie sollte Hector auch die völlige Unabsichtlichkeit seiner Tat erklären? Man konnte die Ungeschicklichkeit einer Hand entschuldigen, die eine Vase umstößt, ja, aber wie sollte man eine Hand entschuldigen, die sich auf ein Gesicht stürzt? Sollte er das anarchistische Potential seiner Arme als Entschuldigung vorschieben? Gérard rappelte sich zwar ziemlich plötzlich wieder hoch, stand aber noch zu sehr unter Schock, um zu reagieren. In seinem Innersten respektierte er Hectors Tat. Und weil er nicht verstand, daß es sich um einen tragischen Unfall handelte, dachte er sich, daß dieser Mann richtige Eier und es verdient habe, auf der Stelle seine Schwester zu heiraten. Hector schwitzte seine letzten Tropfen Schweiß. Gérard faßte sich ins Gesicht. Seine Nase war nicht gebrochen. Lediglich ein bißchen Blut war zu sehen, aber dies war edles Blut. Gérards Blut koagulierte stets formvollendet höflich.

Während des Abendessens widersprach Hector nicht der Version Gérards. Dieser war immer noch von der Vorsätzlichkeit seiner Tat überzeugt (eine Auslegung, die ihm in den nächsten Monaten noch einigen Ärger einbringen sollte, denn nun würde er systematisch jeder neuen Bekanntschaft einen Faustschlag versetzen müssen). Diskret erklärte Brigitte Hector, daß ihr Bruder nun einmal so sei, er analysiere die Dinge oft auf merkwürdige, leicht entrückte Weise. Gérard ging nach Hause und nutzte den Vollmond, um an der Promenade entlangzuschlendern. Der Schlag, den er abbekommen hatte, versetzte ihn in eine romantische Stimmung. Er rief sich noch einmal die Szene ins Gedächtnis und zitterte vor innerer Bewegung und Stolz angesichts der Vorstellung, daß seine Schwester einen Teufelskerl wie Hector heiratete. Die Bewegung dieser Hand ordnete den Abend in die hochexklusive Rubrik der unvergeßlichen Dinge ein. Diese schöne Begegnung war gerade Teil seiner persönlichen Geschichte geworden und gesellte sich zu der unauslöschlichen Erinnerung an Ouarzazate-Casablanca.

In dieser Nacht probierte Hector die Missionarsstellung aus.

VII.

*Ü*ber Gérard wurden Brigittes Eltern mit Leib und Seele für Hectors Anliegen gewonnen. Auf der anderen

Seite würden die Dinge reine Formsache sein, vorausgesetzt, Brigitte mochte die mütterliche Suppe. Hector träumte, er würde in den Augen seiner Eltern das sehen, was er eine *emotionale Wertschätzung* nannte. Er wollte als künftiger Familienvater wahrgenommen werden, als der Typ Mann, der in der Lage wäre, einen Sommerurlaub zu planen, unter Berücksichtigung des Freizeitvergnügens jedes einzelnen. Hector war unruhig, schließlich war es das erste Mal, daß er mit einem Mädchen kam. Er erhoffte sich von dieser großen Neuigkeit glänzende Elternaugen, eine Entgleisung der Routine ihrer abgestumpften Zuneigung. Wenn er davon träumte, daß sein Vater ihn als Mann wahrnahm, wollte er vor allem, daß sein Vater ihn überhaupt wahrnahm. Hector hatte einen Tag vor seinem gewohnten Besuch angerufen. Seine Mutter hatte schon Angst, er würde absagen, denn er rief nie an; das wöchentliche Treffen war so unverrückbar wie die Aufeinanderfolge der Wochentage. «Maman, morgen komme ich in Begleitung … ich komme mit einer Freundin …» Dieser Satz hallte deshalb so lange nach, da sein Echo von einem intergalaktischen Erstaunen ausgelöst worden war. Man hätte meinen können, daß Tausende von Frauen und Tausende von Männern sich augenblicklich im elterlichen Wohnzimmer eingefunden hatten. Bernards Ohren pfiffen: «Stell dir nur vor, er kommt in Begleitung …» In Mireilles Vorstellung war Brigitte eine Art Königin, die in einem dieser sonderbaren, weil viel zu heißen Länder gekrönt worden war. Sie war alles und nichts zugleich. Schon bald brach in der Küche die Angst aus. Was für eine Suppe? Die Routine sprang aus den Gleisen. Schlimmer noch, die Routine war zu einem Flugzeug geworden und brachte die Wolken zum Entgleisen. Mireille war schweißgebadet. Und vor allem dürfe der Vater nicht in der Küche herumhängen, er stehe dort nur im Weg, und da die Nervosität stetig zunahm, hatte er schon ihr ganzes Leben im Weg gestanden, sie hätte ihn überhaupt nicht heiraten dürfen, er war doch zu nichts nutze! Hectors Vater, weit davon entfernt, ihr irgend etwas übelzunehmen, er war ein sanftmütiger Mann, sprach ihr Mut zu. «Deine Suppe wird göttlich sein, mach dir keine Sorgen.» Und unter Tränen schöpfte sie neuen Mut: «Ist das wahr? Du glaubst, sie wird meine Suppe mögen?»

Am Abend des folgenden Tages

*B*rigitte ließ ein Lächeln dem anderen folgen. Und diesem Lächeln konnte man entnehmen, daß sie die Suppe mögen würde. Der Rest war reiner Groschenroman. Sie fegten ein paar Gesprächsthemen zusammen, alles im Rhythmus der stalinistischen Standuhr. Dann mußten sie sich setzen und schlürfen. Es war großartig, göttlich, magisch, ekstatisch. Brigitte bat um einen Nachschlag. Mireille, die ein paar Tränen zurückhielt, fragte sich, wer nur dieses so unglaublich entzückende Mädchen sei. Nach dem Abendessen, das heißt zwölf Minuten nach ihrer Ankunft, teilte man die Gespräche in Zweiergruppen auf: die Frauen auf der einen Seite, die Männer auf der anderen. Das waren die guten alten

Zeiten, tick, tack. Hector lenkte das unbedeutende Gespräch auf ein unbedeutendes Thema: das Leben. Sein Vater befragte ihn über seine Pläne im allgemeinen und mit diesem Mädchen im besonderen. Hector weinte, Sie müssen entschuldigen, aber es war einfach das erste Mal, daß er mit seinem Erzeuger ein Gespräch von dieser Tragweite führte. Brigitte notierte unterdessen die Suppenrezepte dermaßen genau, daß Mireille sich vor Glück um ein Haar umgebracht hätte.

Hector erkannte seine Eltern kaum wieder. Er hatte ein Zucken in ihrer Iris wahrgenommen, das war mehr als eine emotionale Wertschätzung. Ein Zucken, von dem er in frühen, unwiederbringlichen Kindertagen geträumt hatte. Ihm kam es vor, als wären sie endlich eine normale Familie. Glückliche Eltern und glückliche Kinder. Sonntage, an denen man vor der Glotze zu Mittag aß. Und die idiotischen Hochzeiten. Ernest hatte seine Frau bereits gefunden, auch wenn er sie ganz sicher mit einer Brünetten aus der Abteilung für Sozialrecht betrog. Aber auf den Familienfotos sah man das ja nicht. Man schuf sich eine schöne Fassade. Würde man eines Tages berühmt werden, würden sich die Paparazzi angesichts eines solchen Glücks zu Tode langweilen. Man hatte einen besten Freund, man hatte einen Schwager, der sich über Schläge in die Fresse freute. Es fehlte uns nur noch ein Termin, und dieser Termin würde der vierzehnte Juni sein. Ein Hochzeitstermin, um diese Seifenoper endlich zur Vollendung zu bringen. Erfreulicherweise verselbständigt sich das Glück in der Regel, man muß nur ein wenig geduldig sein. In der Nacht folgten Brigitte und Hector dem Glück. Es hatte keine Worte in seinen kleinen Koffer gepackt.

Dieser vierzehnte Juni glich einem zwölften Juni wie ein Ei dem anderen. Der zwölfte Juni hat immer dieses stolze Gebaren, diese Aura von schweren Ohrringen. Ernest und Gérard machten freundlich Bekanntschaft. Unter Schwagern muß man sich beistehen. Auch Marcel war ein Bruder, man ißt doch keine Muscheln, um nachher nicht zur Familie zu gehören. Er hielt sich den Bauch, als könne er dieses große Glück gar nicht verdauen. Er erinnerte sich, wie er diesen kleinen Hector langsam aus der Suppe seiner Niedergeschlagenheit herausgefischt hatte, und da stand er nun, ein Prachtkerl und fast verheiratet. Das alles war ja auch ein wenig ihm zu verdanken, aber keiner kam, um ihn zu beglückwünschen. Wir wußten das, Marcel. Laurence ihrerseits machte viele Bekanntschaften, und man gewann den Eindruck, daß ihr die Umgebung vertraut war, denn sie liebte es, ihren neuen Bekanntschaften Stellen zu zeigen, die ihnen sonst verborgen geblieben wären (hinter den Bäumen des Gartens, im Schatten der Liebe eines Brautpaars). Alle Gäste hatten sich im Garten gruppiert, wo sie – von der Sonne inspiriert – auf die ewige Gesundheit dieser Liebe tranken. Man konnte die Verbitterten unter ihnen leider nicht daran hindern, mit anzustoßen. Der Cocktailempfang fand vor der Zeremonie statt, denn Hector und Brigitte wollten gleich nach dem Jawort flüchten. Sie hatten beschlossen, ihre Hochzeitsreise in die Vereinigten Staaten zu machen. Endlich kam der Bürgermeister, natürlich in der Trikolorenschärpe, für den Fall, daß man, benommen vor Glück, den eigenen geographischen Standort vergessen würde. Brigitte war weiß, denn ihr Kleid umhüllte sie ganz. Hector blieb konzentriert. Eine Sache beherrschte sein Denken ganz: die Ringe. Es war der letzte Augenblick, wo man keinen Fehler machen durfte. Er wartete auf diesen Augenblick, um am Ende erleichtert zu sein. Die Angst zu zittern brachte ihn zum Zittern. Er hatte furchtbare Angst, er könnte den Finger seiner zukünftigen Frau verfehlen.

Zweiter Teil

Eine Art Eheleben

I.

Weil die beiden Liebenden alles, aber auch alles über die Vereinigten Staaten wußten, verbrachten sie viel Zeit in Hotelzimmern. Sie verstanden sich prächtig mit den Angestellten vom Room Service. Im Flugzeug konnte jeder Passagier, dank eines persönlichen Bildschirms, den Film sehen, den er sehen wollte. Und als sie wieder in Frankreich waren, richteten sie sich in einer großen Zweizimmerwohnung ein. Dank der wechselweisen Hilfe von Marcel und Gérard war der Umzug innerhalb von drei Tagen erledigt. Schwerstarbeit wurde geleistet bei der Suche nach den Möbeln ihrer Träume. Bis zum glorreichen Augenblick ihrer Begegnung hatten die beiden nämlich im Staub und in einer Welt gelebt, die frei von Sentimentalitäten war. Doch jetzt wollten sie modern leben, um sich endgültig der Zukunft zu stellen. Die Begeisterung für alles Moderne gab oftmals aufschlußreiche Hinweise auf eine frustrierende Vergangenheit. Und so gaben sie Geld für einen durch die Stimme ferngesteuerten Staubsauger aus, für einen Toaster, der das Brot nicht verbrennt, für einen Teppichboden, für Vorhänge mit changierenden Farben usw. Sie kauften auch einen Goldfisch, den sie *Clockwork Orange* nannten (wobei *Orange* sein Vorname war), und sehr bald schon wurde dieser Fisch ein vollwertiges Mitglied der Familie.

Brigitte hatte ihr Diplom erhalten und bereitete sich darauf vor, Professorin für Soziologie zu werden. Natürlich würde sie Kostüme tragen. Viele Studenten würden daher an sie denken, abends, im Halbdunkel ihrer Nachbereitungen. Selbstverständlich könnte Hector diese Vorstellung nur sehr schwer ertragen, die Eifersucht wich seinem Glücksgefühl nämlich nicht von der Seite. Indem er sie geheiratet hatte, hatte er aus ihr die Prinzessin eines Königreichs machen wollen, in dem er der einzige Untertan war. Unter diesen Umständen schlug er etwas völlig anderes vor: Sie sollten ihr eigenes Unternehmen gründen! Die Idee war großartig, Hector wurde mehr und mehr zu einem intelligenten Wesen, mit der hübschen Fähigkeit, Lebensentwürfe zu planen. Auch Brigitte wollte mit ihm arbeiten, nicht eine Sekunde ohne ihn sein, ihn wie eine Ausgehungerte lieben. Aber was könnten sie tun? Was? fragte sie ihn. Nun, Hector ließ sich lange bitten, die geniale Idee, die ihm durch den Kopf geschossen war, zu enthüllen. Mit erhobenen Armen auf dem Bett stehend, rief er endlich:

«Für die Mythomanen, für die Geschichtenerfinder!»

«Was für die Mythomanen, was für die Geschichtenerfinder?»

«Wir gründen ein Reiseunternehmen für Mythomanen!»

Das war seine Idee. Und sehr schnell wurde sie ein

großer Erfolg. Hector verließ zum großen Mißfallen aller Gilbert Associates & Co. Ernest zitterte vor Ergriffenheit, als er seinen kleinen Bruder mit eigenen Flügeln davonschweben sah. Er dachte daran, daß es ihm mit seiner Tochter Lucie eines Tages genauso ergehen würde und daß er eines noch weiter entfernt liegenden Tages an einem Krebsgeschwür sterben würde, das ihm die Knochen zerfraß. Der Mensch war dem Erblühen geweiht und danach dem Verrotten, und zwischendurch verbrachte er sein Leben damit, offene Türen einzurennen.

Sonntagmittag liebten sie es, die Familie einzuladen. War der Sonntagmittag denn nicht dafür geschaffen worden? Brigitte war eine miserable Köchin, die in der Lage war, sogar ein Fertiggericht zu verkorksen. Dafür aber konnte sie wunderbar den Tisch decken. Vor allem diesen Tisch, den das Paar manchmal zum Geschlechtsverkehr auf hartem Untergrund nutzte. Sie nahm drei Truthähne derart unbeholfen aus, daß Hector stolz darauf sein konnte, sie geheiratet zu haben. Auch mit dem Truthahn hatten sie einen Dreh gefunden. Alle verstanden sich glänzend miteinander, das reinste Postkartenidyll. Man redete über Oberlippenbärte, was Gérard zum Anlaß nahm, Bernard zu erklären, daß man mit einem Oberlippenbart nicht auf den Mont Ventoux käme, die Barthaare würden unglaublich bremsen. Brigittes Eltern nickten bestätigend mit dem Kopf, sie waren so stolz auf Gérard, wenn er über den Radsport redete. Als Lucie ins Bad ging, um sich bei Neonlicht ein paar Pickel auszudrücken, fragten die vier Elternteile des gastgebenden Paars, wann sie denn mit Nachkommenschaft rechnen könnten. Ernest fand, man würde heutzutage die Kinder erziehen, als wäre man in einem permanenten Urlaub in der Schweiz: «Ist doch wahr, man hat das Gefühl, sie hätten alle Asthma! Wie sollen einen da die Laschheit und Unreife dieser Generation noch erstaunen?» Nach dieser ernestinischen Theorie (die, nebenbei bemerkt, auf eine Art höfliche Bestürzung stieß) gestand Hector, daß es nicht zu ihren unmittelbaren Plänen gehöre, ein Kind zu zeugen. Und dann wäre da ja noch Clockwork Orange, den man nicht hintergehen wolle, der anfinge, sich in seinem neuen Glasbehälter wohl zu fühlen, von da aus sehe er nämlich das Leben durch eine rosarote Brille.

Ein aktuelles Ziel war es vielmehr, die ARM (Agentur für reisende Mythomanen) zu erweitern. Nur wenige Wochen hatten genügt, um die Kapazitäten auszulasten. Klar, zu Anfang empfahl ARM vor allem die Vereinigten Staaten und Südamerika, mittlerweile gab es aber praktisch keinen Fleck des Globus mehr, für den nicht ein Kurs angeboten wurde. Nach nur sechs Unterrichtseinheiten konnte man den Erstbesten glauben machen, man wäre sechs Monate in Tadschikistan gewesen, im Irak oder, für die Verwegeneren, in Toulon. Die Dozenten der ARM lehrten Anekdoten, die – wie sie es selbst nannten – jeden verbalen Widerstand brachen und ohne den geringsten Zweifel die Reise bewiesen. Es gab sogar Formeln, die allgemeingültig und immer anwendbar waren: Sagen Sie einfach, daß *nichts mehr so ist wie früher*, wenn sie über ein Land sprechen; die Menschen werden immer Ihrer Meinung sein, ohne zu wissen, worüber Sie genau sprechen. Für die ganz Reichen bot man sogar Beweismaterial an, persönliche Souvenirs, die, was das Niveau betraf, klar und deutlich über den wenig ehrenwerten Fotomontagen anzusiedeln waren. Oder man konnte für bestimmte, als gefährlich eingestufte Regionen Verletzungen wählen. So gab es beispielsweise das Angebot «Vietnam 1969», wahlweise mit Kriegsverletzung.

♦

Am Eingang der Agentur war ein Zeitungsartikel eingerahmt, der die folgende bei tausend Männern durchgeführte repräsentative Meinungsumfrage zum Thema hatte:

a) Würden Sie es vorziehen, mit der schönsten Frau der Welt zu schlafen, ohne daß irgend jemand davon erfährt?
b) Würden Sie es vorziehen, daß die ganze Welt glaubt, Sie hätten mit dieser Frau geschlafen, ohne daß es wirklich dazu gekommen ist?

Das Ergebnis bestätigte in aller Deutlichkeit, daß in unserer Gesellschaft alles nur eine Frage der *Außenwirkung* ist, denn zweiundachtzig Prozent der befragten Männer hatten sich für die zweite Antwort entschieden.

♦

Hector genoß es sehr, sich still auf einen Stuhl zu setzen, um eine Zeitschrift für modernes Wohnen zu lesen. Der

Preis für englische Möbel ist der Wahnsinn. Er ruhte in sich selbst, in Anwesenheit seiner Frau. Manchmal überkam sie ganz überraschend die Langeweile, an bestimmten Dienstagen und Samstagen, die keine Überraschungen boten, so daß sie lernen mußten, die Zeit totzuschlagen. Das waren die Augenblicke, in denen sie den sättigenden Wert von Sex begriffen: Sie füllten die ruhigeren Zeiten ihrer beider Leben dann einfach mit Sinnlichkeit aus. Hector legte seine Zeitschrift zur Seite, und während er Brigittes Mund küßte, dachte er, daß er ein verdammter Glückspilz sei. Es war ein allumfassendes Glück, das unversehens auftauchte, wie eine Napoleonische Armee in Preußen. An Metaphern fehlt es nie in dem Augenblick, wo man sich küßt. Dank des Erfolgs ihres Unternehmens zogen Hector und Brigitte in eine Fünfzimmerwohnung, die aus einem großen Wohnzimmer und vier Schlafzimmern bestand. Jeden Abend wechselte das heiße, erregte Paar das Bett, um sich der Liebe hinzugeben. Sie dachten wirklich, daß Routine eine Frage des Orts und nicht des Körpers ist. Illusionen.

II.

***E**s ist unmöglich zurückzuverfolgen, wann genau sich die Sache ereignet hat. Es handelte sich ganz ohne Frage um das vage Echo eines Gefühls mit ungewissem Anfang. Im übrigen kann man auch nicht sagen, daß Hector in den ersten Tagen alarmiert gewesen wäre.

Jener Sommer war mehr als ein Versprechen, man wußte mit Sicherheit, daß die Sonnenstrahlen die Körper der Liebenden kitzeln würden. In einer Zeit, in der alle Welt davon sprach, daß es keine Jahreszeiten mehr gebe, dem bevorzugten Thema aller, die sich *wirklich* etwas zu sagen haben, sollte jener Sommer an niemandem Verrat begehen. Brigitte hatte sich irgendeinen Fetzen angezogen, um das zu verrichten, was sie ihre Hausarbeit nannte. Hector wollte ihr helfen (ihre Ehe war gerade ein Jahr alt), doch Brigitte lachte und sagte, daß seine Hilfe sie nur Zeit koste, ach, die Männer. Hector fing an, ein paar Zeilen eines alten Chansons zu singen, denn Brigitte vergötterte seine Stimme. Sie fühlte sich glücklich und zufrieden, sogar in Anbetracht der Putzarbeiten am Samstagnachmittag. In jenem Sommer hatten sie beschlossen, nicht zu verreisen, um Paris einmal ohne die Pariser zu genießen. Sie würden an der Seine entlangspazieren, abends, mit Sternschnuppen und den vom Glück aneinandergeschmiedeten Liebenden. Brigitte würde eine Prinzessin sein. Für den Augenblick aber mußte saubergemacht werden. Die Sonnenstrahlen verrieten die mangelnde Sauberkeit der Fensterscheiben.

Die mangelnde Sauberkeit der Fensterscheiben, das ist der Ausgangspunkt unseres Dramas.

Das Fenster steht offen. Weit entfernt hören wir den Lärm eiliger Frauen sowie den eiliger Männer, die sich diese schnappen wollen. Hector hat es sich seiner Gewohnheit gemäß bequem gemacht und liest eine Zeitschrift für modernes Wohnen, er denkt an die Möblierung seines Wohnzimmers, wie er an den Schulbeginn seiner Kinder denken könnte, wenn er die Zeit hätte, Kinder zu zeugen. Brigitte ist mit ihrer Hausarbeit zugange. Hector hebt den Kopf, er legt die Zeitschrift beiseite. Brigitte steht auf einer hölzernen Trittleiter, ihre Füße stehen nicht auf derselben Stufe, so daß ihre Waden unterschiedlich belastet sind. Anders ausgedrückt: Die erste Wade auf der oberen Stufe ist von makelloser Rundung, wohingegen die andere von der Äderung der Anstrengung gezeichnet ist. Die eine ist naiv, die andere wissend. Nach der Ansicht dieser beiden Waden hebt Hector seinen Kopf, um mit seinem Blick die Hüften seiner Frau zu umarmen. Wir bemerken eine leichte Bewegung, gleichmäßige Wogen wie die sanften Brandungen des Abends, und es genügt, den Kopf ein bißchen höher zu heben, um den Grund für diese Bewegung zu verstehen. Brigitte putzt die Fenster. Wir sehen genauer hin. Brigitte putzt den oberen Teil der Fensterscheiben. Eine gute Arbeit. Die Sonne nutzt bereits die ersten, durch die Sauberkeit erzeugten Lücken. Brigitte putzt mit Feingefühl, mit Selbstverständnis in den Handgelenken und spürt die geringsten Spuren auf dem Glas auf. Es darf nichts mehr zu sehen sein, die Transparenz muß perfekt sein. Brigitte steckt ein paar lose Haarsträhnen in ihren Pferdeschwanz zurück. Hector hat noch niemals etwas so Erotisches gesehen. Sicher, seine Erfahrung auf dem Gebiet des Sinnlichen ähnelt dem Charisma einer Spalte. Das Wohnzimmer erwärmt sich in der Sonne. Weil Brigitte einen Blick auf sich fühlt, dreht sie sich um, um nachzusehen: Tatsächlich, ihr

Traum von einem Ehemann hat seine Augen auf sie geheftet. Sie kann nicht sehen, wie trocken seine Kehle ist. Und siehe da, die Scheibe ist sauber. Hector hat soeben das Glück aus nächster Nähe gesehen, so einfach ist das. Vor allem darf man darin keine chauvinistische Haltung sehen, Hector ist das unchauvinistischste Exemplar von Mann, das es gibt, das wissen Sie. Es ist einfach nur so, daß das Glück sich niemals ankündigt. In manchen Geschichten zeigt es sich in dem Moment, in dem der Ritter die Prinzessin rettet. Hier erscheint es überraschend in dem Augenblick, in dem der Ritter der Prinzessin beim Fensterputzen zuschaut.

Ich bin glücklich, dachte Hector.

Und dieser Gedanke war nicht bereit, ihn zu verlassen.

Nach dem Fensterputzen traf Brigitte sich mit einer Freundin, um beim Sommerschlußverkauf zuzuschlagen. Sie würde ganz bestimmt mit zwei Kleidern, einer malvenfarbenen Weste und vier Schlüpfern zurückkommen. Hector traf sich mit niemandem, also blieb er vor dem sauberen Fenster sitzen. Dann stand er plötzlich auf und erschrak über den Augenblick der Geistesabwesenheit, den er erlebt hatte. Vor einer halben Stunde schon war seine Frau gegangen. Er hatte in einer toten Welt vor sich hin vegetiert, mit trockener Kehle. Nicht ein einziger Gedanke war ihm durch den Kopf gegangen.

In der folgenden Nacht dachte Hector noch einmal an den großen Augenblick zurück, in dem seine Frau die

Fenster geputzt hatte. Dieser Augenblick reinen Glücks, ein kurzer Moment im Leben meiner Frau, dachte er, ein kurzer, vergötterter Moment. Unbewegt lächelte er in die Nacht hinein und demütigte durch die hinzugewonnene, erstaunliche Entwicklung all seine vergangenen Lächeln. Alle, die ein intensives Glück erlebt haben, befällt die Angst, einen derartigen Augenblick nicht wieder zu erleben. Die Eigentümlichkeit des ausgewählten Augenblicks beunruhigte ihn ebensosehr. Vielleicht suchte man im Vertrauten des Alltäglichen bisweilen den extravaganten Rausch, das könnte es doch sein. Das mußte man nicht verstehen, viel zu oft verdarb man sich seine Glücksmomente, weil man sie analysierte. Hector streichelte sanft über Brigittes Hinterteil, ihr Schlüpfer war neu. Sie drehte sich zu ihm hin – unermüdliche Weiblichkeit – und verließ ihre Träume für den Mann in ihrem Bett. Hector glitt mit der Hand über Brigittes Körper und drückte ihr sanft die Schenkel auseinander. Sie vergrub ihre Finger in seinem Haar. Schnell stellte sich das Gleichgewicht ein, und ihre Körper bauten sich voreinander auf, weiß und dem Zwecke dienlich. Fest umschloß sie seinen Rücken, er packte ihren Nacken. Im Hinterzimmer der Sinnlichkeit schlummerte die Gewalt. Sie waren nur Akt. Das Stöhnen erinnerte an Wasserschlucke in der Wüste. Man hätte nicht sagen können, wer die größere Lust empfand, die Allwissenheit erhielt keinen Einlaß zu den möglichen Orgasmen. Wir wissen nur, daß Hector, dessen Kopf Sekunden vorher noch eine leere Muschel gewesen war, als er kam, im Augenblick des Ergusses, noch von diesem Bild verfolgt worden war: Brigitte, die die Fenster putzte.

Die folgenden Tage vergingen ohne Zwischenfälle. Hector dachte noch einmal an das, was er empfunden hatte, ohne allerdings in der Lage zu sein, die Verbindung zu seiner Vergangenheit herzustellen. Da er sich von seiner Sammelsucht völlig geheilt glaubte, machte er sich nicht selten über den Irrsinn lustig, mit dem er am Wesentlichen vorbeigelebt hatte. Seit er Brigitte begegnet war, kam ihm die Vorstellung eines Rückfalls unwahrscheinlich vor. Die offenkundige Sinnlichkeit, die Brigittischen Reize, all diese neuen Eindrücke hatten eines gemeinsam: ihre Einzigartigkeit. Es gab keine Brigitte wie die seine, und indem er ein *einzigartiges Objekt* anbetete, das Objekt seiner Liebe, kehrte er dem Wahn des Sammelns endgültig den Rücken zu. Man kann zwar Frauen sammeln, aber man kann nicht die Frau sammeln, die man liebt. Seine Leidenschaft für Brigitte konnte es unmöglich ein zweites Mal geben.

Und je mehr er sie liebte, um so einzigartiger wurde sie.

Jede ihrer Gesten: einzigartig.

Jedes Lächeln von ihr: so einzigartig wie ein Mensch.

Doch diese Erkenntnisse schlossen in keiner Weise aus, daß einen die einzelne Geste faszinierte. War es nicht das, was sich da in Hectors Gehirn zusammenbraute? Allzu selbstsicher, vergaß er seine Vergangenheit und die Hartnäckigkeit, mit der sich die Sammelsucht immer wieder bei ihm einstellte. Im obsessiven Gedanken ans Fensterputzen schwang der hinterhältige Rückfall mit. Hector mußte sehr vorsichtig sein, ein Tyrann lauerte ihm auf, und getreu seiner legendären Unhöflichkeit klopfte der Tyrann niemals an, bevor er eintrat.

III.

Das, was einige von uns befürchtet hatten, trat ein. Clarisse hatte sich seit fast zwei Monaten nicht mehr die Fingernägel geschnitten, als sie auf ein sexuelles Angebot Ernests eingegangen war, das in einem ziemlich wilden Akt endete. Ihre Hingabe war derart aufrichtig, daß sie ihn ein paar Kratzer auf dem Rücken kostete, völlig unzweideutige Inschriften einer tigergleichen Meisterschaft. Ernest, der Hectors großer Bruder und vor allem ein großer Tolpatsch war, blieb nichts anderes übrig, als sich gut zwölf Tage nicht mehr auszuziehen und Justine vorzugaukeln, er hätte sich am Rücken verkühlt. Die Angst aufzufliegen ließ ihn keinen der Augenblicke bereuen, in denen er die Schultern von Clarisse, der Tigerin, hinter dem Vorhang einer wallenden Haarfülle geküßt hatte. Wenn die körperliche Liebe ohne Ausweg ist, drang Justine genau in diese Sackgasse ein, als sie mitten in der Nacht das T-Shirt ihres Gatten hochhob, der, das muß hier mitgeteilt werden, seit zwölf Jahren mit nacktem Oberkörper schlief. Von Anfang an war da etwas faul gewesen, und immer sind die Frauen zur Stelle, wenn es darum geht, das Faule ausfindig zu machen. Er mußte seinen Koffer packen, ohne die Nacht zu Ende zu bringen und noch viel weniger diesen erotischen Traum, der so vielversprechend gewesen war (eine Chinesin). Noch ehe der Morgen graute, klingelte er bei seinem Bruder, um ihm zu sagen, daß er mit einer Brünetten aus der Kanzlei geschlafen habe, Clarisse sei ihr Name, und daß seine Frau, verdammte Kratzer, ihn gerade rausgeschmissen habe, kann ich also bei dir schlafen, auch wenn er bezweifelte, daß dies noch möglich sei, aber ein Zimmer im Hotel, nach allem, was ihn gerade ereilt hatte, das kam nun überhaupt nicht in Frage. Hector fand die nötige Energie, um gleichzeitig Mitleid, brüderliche Zärtlichkeit und ein ebenso weiches wie modernes Bettsofa zu offerieren. Ernest fühlte sich in seinem neuen Bett wohl (und wenn erst die Chinesin wiederkommen würde ...), bevor er sich in Würde wieder seinem Unglück zuwandte.

Ernest war immer ein robuster Kerl gewesen. War er sonst ein Anhänger großspuriger Reden über das Leben gewesen, so verwandelte er sich nun in einen alten, löchrigen Sonntagsanzug. Als wäre das nicht genug, war es auch noch der Sonntag im Jahr, den man uns um eine Stunde kürzt. Mit einem Tag glich Ernest alle Jahre aus, in denen er sich nicht hatte beklagen müssen. Um den armen Mann herum wurde es düster ... Und seine Tochter! Die kleine Lucie, mein Gott, er würde sie nie wiedersehen! Er würde nicht einmal mehr da sein, wenn sie im Morgengrauen mit den roten Augen der ahnungslosen, verdorbenen jungen Mädchen nach Hause kam. Aber nun war alles aus. Man muß eben immer auf die Fingernägel der Frauen achten, mit denen man schläft. Was war er für ein Trottel! Ihm blieb nur noch die Arbeit, er würde sich gleich morgen hineinstürzen und unter den Akten zusammenbrechen. Was seine Scheidung anging, kannte man ja den Spruch: Der Gefoulte sollte nie selbst schießen. Hier lagen die Dinge nicht anders: Die Rechtsanwälte verteidigten sich selbst am schlechtesten. Daher kommt es auch, daß sie oft untereinander heiraten, um diese Wirkung aufzuheben. Ernest bat Berthier, sich seiner anzunehmen. Dieser Berthier war tapfer. Und weil er außerdem ein abgestumpfter Junggeselle war (Berthier hatte einen Grad von Junggesellendasein erlangt, wo man die Existenz von Frauen vergißt), würde er alles daransetzen, die Dinge zu beschleunigen. Unter Männern, die sich im Leben zu Tode langweilten, mußte man sich doch helfen. Nein, wirklich, dieser Berthier war perfekt. Eigentlich hätte er es sogar verdient, schon viel früher in diesem Buch erwähnt zu werden.

♦

Noch mehr als die schwere Zeit seines Bruders brachte Hector die folgende Absonderlichkeit durcheinander: Ernest, der bis zu diesem Zeitpunkt fast so etwas wie ein vierfacher Olympiasieger des Glückes war, stürzte im selben Augenblick vom Sockel, in dem Hector das Leben endlich durch eine rosarote Brille sah. Ihre Eltern hatten keine zwei Söhne zur selben Zeit gewollt. Anders ausgedrückt, sie konnten nicht beide gleichzeitig auf demselben Spielfeld sitzen. Man durfte sagen, daß das

Blatt sich gewendet hatte und daß es nun – zu Hectors größtem Glück – Ernest war, der das Leben eines Depressiven leben würde. Ihr brüderliches Leben hatte etwas Schizophrenes.

♦

Die Mutmaßung von dem gewendeten Blatt zwischen den Brüdern wirkte insofern ausgesprochen absurd, als Hector nicht unbedingt in Höchstform war. Hinter den glücklichen Zeiten lauern immer undankbare Phasen. Das mag lächerlich erscheinen, vor allem in einer derartigen Situation (eine so wunderschöne Brigitte, ein in Expansion begriffenes Unternehmen, ein Kind in den Sternen einer späteren Zeit), doch Hector wirkte in der Tat etwas fiebrig. Seit diesem Morgen ging er im Kreis und fühlte sich unfähig, aus diesem Kreis auszubrechen. In einem duftigen Kleid, das jeder Sommer verdient haben würde, hatte Brigitte gerade die Wohnung verlassen. Hector sah nach nichts Besonderem aus. Er trug nicht einmal den Bart eines müde gewordenen Mannes zur Schau. Seine so wenig eroberungslustigen Stoppeln glichen Angestellten am Montagmorgen. In seiner Gesellschaft hätte sich zweifellos auch eine Auster gelangweilt.

Wenig später findet man ihn wieder im Sessel sitzend vor. Furchtbare Gedanken jagen ihm durch den Kopf. Angesichts der am letzten Samstag geputzten Fenster (oder war das ein noch weiter zurückliegender Samstag – die Erinnerung kehrte so oft zu ihm zurück, daß er nicht mehr genau wußte, wann sich dieser Augenblick ereignet hatte, in dem er so glücklich gewesen war) verharrte er in Schweigen. Das Vergängliche gefaßt, die Sinnlichkeit eingefangen, hätte er genausogut an jenem Tag sterben können, da schon Thomas Mann verinnerlicht hatte: «Wer die Schönheit angeschaut mit Augen, ist dem Tode schon anheimgegeben.» Brigitte beim Fensterputzen zuzuschauen, das war schon ein bißchen sein *Tod in Venedig*. Doch Hector kannte Thomas Mann nicht, daher konnte er weiterleben. Unbildung rettet viele Menschenleben. Ach, dieser Samstagnachmittag! Ein mythischer Augenblick, in dem die Zeit aus Respekt vor einer solchen Schönheit hätte stehenbleiben müssen! Angesichts der Fensterscheibe, immer und immer wieder angesichts der Fensterscheibe, fing er an, vor Liebe zu weinen. Konnte man eine Frau denn so sehr lieben? Eine Frau in all der Kraft ihrer Zerbrechlichkeit. Dieser Augenblick war es, den er als Erinnerung behielt. Dieser Augenblick des Fensterputzens, den er genausowenig gewählt hatte, wie man die Liebe auf den ersten Blick wählt. Wenn alle Paare unermüdlich an den Ort ihrer ersten Begegnung zurückkehrten, dann hatte Hector doch wohl das Recht, den Augenblick noch einmal zu erleben, in dem Brigitte die Fenster putzte. Dieser Augenblick würde die Wallfahrt seiner Liebe sein.

Und so verbrachte er den Tag damit, die Fensterscheibe zu verschmutzen.

Eine saubere Fensterscheibe so zu verschmutzen, daß man glaubt, sie sei auf ganz natürliche Weise verschmutzt worden, ist kein so einfaches Unterfangen. Und bevor Hector es geschafft hatte, zu einer wahrhaft formvollendeten natürlichen Täuschung vorzudringen, hatte er vergebens verschiedene Formeln ausprobiert. Durch immer neue Versuche tastete er sich an eine Perfektion heran, die man gut und gerne als eine neue Kunstform betrachten konnte. Seine siegreiche Komposition war folgende: ein paar gekonnt plazierte Fingerspuren, eine im Flug erhaschte und dann auf dem Schlachtfeld zerquetschte Fliege (die Unmittelbarkeit dieser Hinrichtung ist entscheidend, denn eine im Sterben befindliche Fliege in ihren letzten Zuckungen verschmutzt besser als eine Fliege, die bereits mausetot ist), ein bißchen Staub von der Straße und, als Krönung des Ganzen, ein unverzichtbarer, hauchdünner Speichelfilm …

Hector telefonierte gerade mit seinem Bruder – «Ich kann im Appartement eines Kollegen wohnen, bis ich was Neues gefunden habe.» «Was Neues findest du immer schnell», sagte Hector, um ein Wortspiel einfließen zu lassen, und Ernest lachte, um ihn im Glauben zu wiegen, daß er verstanden habe –, als Brigitte von der Arbeit zurückkam. Kaum hatte er den Hörer aufgelegt, rechtfertigte er sein Fernbleiben von der Arbeit mit Kopfschmerzen. Brigitte deutete ein flüchtiges Lächeln an:

«Du bist ebenso Geschäftsführer wie ich, du bist mir keinerlei Rechenschaft schuldig!»

Es gab keine Zeit zu verlieren. Brigitte mußte den

Schmutz am Fenster bemerken. Augenblicklich fand er sich mit einer der größten Herausforderungen des Menschengeschlechts konfrontiert: dem Versuch, jemanden entdecken zu lassen, was er nicht die Absicht hat zu sehen. Vor lauter Ungeduld dachte Hector daran, auf die allerharmloseste Art und Weise zu sagen: «Sieh an, die Fenster sind ja ganz verdreckt.» Aber er verwarf es wieder. Das war nicht möglich. Sie hätte ihn sofort gefragt, wieso er, der doch den ganzen Tag zu Hause gewesen war, sich nicht die Zeit genommen hätte, einfach mal, schwupps, drüberzuwischen ... Was so nahelag, aber schnell in eine Grundsatzdiskussion ausarten konnte, war also auszuschließen. Er müßte sie ins Wohnzimmer ziehen und sie die Vase mit den Rosen entdecken lassen. Danach, da war er sich fast sicher, würde sie auf der Stelle saubermachen. Sie würde ein derartiges Fenster keinen Augenblick tolerieren. Aber es nahm kein Ende, man hätte meinen können, es wäre der längste Tag im Jahr. Brigitte hatte Milliarden Dinge in der Küche zu tun oder in den Schlafzimmern, und als es ihm am Abend endlich, oh spätes Wunder, gelang, sie in die Falle des Wohnzimmers zu locken, blickte sie nicht ein einziges Mal in Richtung Fenster. Man hätte glauben können, sie tue es absichtlich, dieses Luder. Hector hüpfte vor dem Fenster hin und her und senkte dann ganz plötzlich den Kopf. Sie lachte über seine Flausen, du Komiker von einem Mann. Er bereute es bitter, daß er die Spuren nicht deutlicher hinterlassen hatte, daß er nicht wild und zäh ans Fenster gespuckt hatte. Vielleicht war es ja noch nicht zu spät, es würde ja schon genügen, daß sie ihm den Rücken kehrte, und dann würde er hinstürzen und es noch einmal gründlich machen! In höchstem Grade durch die Situation gereizt und durch das Verlangen mehr und mehr ermattet, fühlte er sich außerstande, noch länger zu warten. Daher entschied er sich für die mittelmäßigste aller Lösungen und packte Brigitte an der Taille. Vor der großen Glasfront schlug er vor, eine der romantischsten Landschaften zu betrachten, die es gebe.

«Chérie, wenn du die Augen nach oben richtest, wirst du etwas recht Merkwürdiges feststellen ...»

«Ach ja, und was?»

«Nun ja, stell dir vor, man sieht das Haus gegenüber ...»

«Und weiter?»

«Und weiter und weiter, das ist doch der Wahnsinn ... Sieh mal, man kann beobachten, was sich in den Wohnungen so alles tut.»

«Na ja... Das nennt man halt ein Vis-à-vis. Sag mal, mit deinen Kopfschmerzen scheint es ja immer noch nicht besser zu sein ... (Nach ein *paar Augenblicken*) Aber das ist ja ekelhaft, dieses Fenster!»

(Freudentaumel des Jägers, wenn er seine Beute packt, Ekstase des Kriegers bei der Eroberung, das Leben ist so sanft wie bestimmte Kaktusarten auf der Haut). Ohne nur irgend jemanden zu überraschen, fiel er in einen untertriebenen Heuchlerton, um seine Verwunderung auszudrücken:

«Ach ja? Findest du es schmutzig? Ist mir gar nicht aufgefallen.»

«Bei dir ist wirklich Hopfen und Malz verloren… Ich habe noch nie ein so ekelhaftes Fenster gesehen!»

Brigitte geriet in Bewegung mit der süßen Leichtigkeit der Frauen, die niemals überrascht sind. Hector, der eine kleine Erektion nicht zurückhalten konnte, trat drei Meter zurück, um sich in seinen Sessel zu setzen. Er glich einem Eiswürfel, der auf den Grund eines Glases mit Alkohol gleitet, kurz bevor er wieder an die Oberfläche steigt. Brigitte, die hinten keine Augen hatte, bemerkte nichts. Sie sah weder ihren Mann noch den Speichelfaden, der ihm entglitt und sich nun auf seiner immerhin unschuldigen Krawatte auszubreiten begann.

Und in diesem Moment.

Und in diesem Moment klingelte das Telefon.

Hector ließ sich nicht beirren, alles andere existierte nicht mehr. Nach dreimaligem Klingeln drehte Brigitte sich um und fragte, ob er die Absicht habe, vielleicht noch vor dem Tod des Anrufers abzuheben (Brigitte war also eine Frau mit Humor). Sie bemerkte jedoch nicht den Speichelfaden, schließlich befanden wir uns ja noch im Zustand der blinden Liebe. «Ja, ich geh schon», beeilte er sich zu sagen. Man durfte ihr jetzt auf keinen Fall widersprechen, es war wie bei einer Schwangerschaft. Dem, der da im ungünstigsten Augenblick anrief, sollte man mindestens die Hände, die Stimmbänder und die Haare ausreißen. Hector ging rückwärts, seine Augen auf das Schauspiel geheftet. Er hob den Hörer ab, ließ ihn ein paar Sekunden in der Luft leiden und legte ihn dann wieder auf.

«Falsch verbunden», rief er mechanisch.

Er kam zurück und setzte sich wieder. Auf der Stelle und ohne eigentlich zu wissen, woher sie kam, überflutete ihn die Emotion. Schluchzer fegten über sein Gesicht, ganz wie die Männer von Magritte, die vom Himmel fallen. Hector bedauerte nichts, gar nichts. Die Schönheit dieses Augenblicks hatte sich gerade wiederholt. Zwar ohne die Überraschung des ersten Mals, doch war die Magie dieses zweiten Mals komplexer. Sie umfaßte eine unglaubliche Dosis an Furcht, eine Angst vor Enttäuschung und, als Apotheose, um den Adrenalinhaushalt wieder ins Gleichgewicht zu bringen, die triumphale Einkehr der Erleichterung. Das saubere Fenster, der rote Vorhang, Brigitte stieg wieder von der Trittleiter, vermochte sich aber nicht zu bewegen, denn Hector hatte sich zu ihren Füßen niedergeworfen und flüsterte Worte des Danks. Es mußte sich hierbei wieder mal um eine Kostprobe seines schrägen Humors handeln. Und so fing auch sie an zu lächeln. Sie fing an zu lächeln wie eine Frau, die den Mann, den sie liebt, idiotisch findet.

IV.

Laurence hob den Deckel hoch, um mit aufgeblähten Nüstern den Duft der Rouladen einzuatmen. Sie fühlte sich wohl in ihrer komfortablen Küche und nutzte diesen Samstagabend unter Freunden, um den inneren Druck loszuwerden. Bald würde sie im Finale eines für ihre internationale Karriere entscheidenden Wettkampfs stehen. Ihr Trainer hatte ihr zehn Tage Urlaub gegeben, aber sie hatte sich nicht davon abhalten lassen, gegen den Ball zu schlagen, und an ihrem einzigartigen Handgelenkschlag weitergearbeitet. Man kennt das ja. Marcel hatte die glänzende Idee gehabt, Hector und Brigitte zum Abendessen einzuladen. Sie war glücklich, den Freund ihres Mannes wiederzusehen. Sie wußte zwar nicht genau, warum, aber seit annähernd zwei Jahren ging er ihr aus dem Weg. Na ja, ein bißchen konnte sie sich denken, warum. Hector hatte eine Heidenangst vor ihr, seitdem sie ihm so beherzt an den Hoden gefaßt hatte. Trotzdem war das in ihren Augen lediglich ein Zeichen ihrer Zuneigung. Als sie ihn in die Küche rief, ging es also auch darum, diese Dinge zu klären.

Schon aus rein gesellschaftlichen Gründen konnte er sich nicht weigern.

Er kam also in den Raum, in dem die Rouladen zubereitet wurden. Sein Gesicht war weiß, sein Blut kalt. Oder umgekehrt.

«Kann ich dir irgendwie helfen?» fragte er.

«Ja, ich würde gerne kurz mit dir reden ... denn, na ja, ich verstehe nicht ganz, warum du mir immer ausweichst ... Als du in die Vereinigten Staaten gefahren bist, habe ich geglaubt, das sei meinetwegen ...»

Während sie sagte, was sie gerade gesagt hatte, ging Laurence langsam, aber unbeirrt auf Hector zu, sie wollte ihre Beziehung in friedliche Bahnen lenken, sich wegen ihrer sexuellen Aggression entschuldigen, und doch war es so, daß sie, als sie ihn, Marcels besten Freund, ansah, ein niederer Trieb juckte, ein nicht zu unterdrückender Trieb wie zu Zeiten von Racines Tragödien. Sie stürzte sich auf ihn, diese Phädra der Rouladen, und gerade als sie Hectors Hoden noch einmal packen wollte, stieß ihre Hand gegen etwas Hartes. In Voraussicht dieses Abends und aus – offenbar gerechtfertigter – Angst hatte Hector sein Gehänge zwischen den Beinen mit einem Suspensorium umhüllt, wie es für gewöhnlich Handballtorwarte tragen. Laurence schrie auf, und sogleich kamen alle in die Küche. Sofort fuhren sie in die Notaufnahme, und die Diagnose war unwiderruflich: Laurence hatte sich den kleinen Finger verstaucht. Am nächsten Tag wurde darüber lang und breit in den Sportzeitungen berichtet: *Laurence Leroy gibt auf.* Die beiden Fans, die sie in Évry hatte, weinten.

Hector fühlte sich schuldig. Jeder Berufssportler sollte das Recht haben, die Hoden dessen zu befummeln, der ihm gefällt. Vor allem sollte man ihm keine Unannehmlichkeiten bereiten. Gérard hatte sich dem vor dem Rennen Ouarzazate-Casablanca wohl von ganzem Herzen hingegeben. Hectors Schuld lastete so schwer auf ihm, daß er sie nicht mehr tragen konnte (erinnern wir uns, daß er bereits seine anormale Begeisterung für die fensterputzende Brigitte verarbeiten mußte). Die Moral der Franzosen würde seinetwegen auf den Nullpunkt sinken. Neben dem Reiten und dem Fechten ist Tischtennis eine Disziplin, auf die wir Franzosen mächtig stolz sind. Wir sind ein körperliches Volk! Und nun plötzlich waren wir nur noch ein Haufen verstauchter kleiner Finger.

Was gerade berichtet wurde, ist nicht ganz exakt, und dieser kleine Ausflug in die Unwahrheiten muß Hector zugeschrieben werden. Seine Vorstellungskraft hatte sich allzusehr vom Allerschlimmsten beherrschen lassen. Natürlich war Laurence verletzt, doch dank eines Freundes, eines Kineseologen, war sie schnell genug wieder auf den Damm gekommen und nahm am Finale teil, uff. Sie war jedoch mental angeschlagen, und zum erstenmal nach zwölf Jahren bat sie Marcel, sie zu begleiten. Weil er viel zu emotionsgeladen war, um den Matches seines Lieblings zu folgen, hatte er niemals mit ihr fahren wollen. Der verstauchte kleine Finger nötigte ihn nun, seine Angst zu überwinden. Um sich dieser Situation zu stellen, gab es keine andere Lösung als die, seinen Freund Hector zu bitten, mit ihm zu kommen. Obwohl Tischtennis mit großem Abstand der Sport war, der ihn auf dieser Welt am wenigsten interessierte, nötigte ihn sein noch frisches Schuldbewußtsein zuzustimmen. Sie würden den ganzen Samstag unterwegs sein. Hector fragte Brigitte, ob ihr diese seit mindestens sechs Monaten nicht vorgesehene Veränderung etwas ausmache. Überhaupt nichts, beeilte sich Brigitte ihm zu versichern. Sie war eine Frau, die sehr wohl in der Lage war, einen ganzen Samstag zu improvisieren. Und dann hatte sie mit der harmlosesten Stimme, die man sich vorstellen kann, hinzugefügt:

«Ich werde den Tag nutzen, um ein bißchen was im Haushalt zu tun.»

Kaum stand dieser Satz in der Luft, wurde er schon zu Hectors einziger Melodie im Kopf. Wie sollte er noch an etwas anderes denken? Sie würde ein bißchen was im Haushalt tun, sie würde ein bißchen was im Haushalt tun. Panikattacken überfielen ihn. Er wagte nicht, ihr die Frage zu stellen, die ihm durch den Kopf spukte, er wagte nicht, nach den Einzelheiten der Hausarbeit zu fragen. Aber sie machte der Ungewißheit ein schnelles Ende, indem sie erklärte, sie würde seine Abwesenheit nutzen, um die Fenster zu putzen. Im ersten Moment schoß ihm, und zwar auf wirklich brutale Weise, sein Selbstmordversuch durch den Kopf. Sofort versuchte er, sich wieder zu fangen; er war ein Mann, trotz allem! Das erste, was ihm einfiel, war, daß er selbst am Samstagmorgen die Fenster putzen würde. Wenigstens wäre er dann sicher, daß sie es nicht in seiner Abwesenheit täte. Oder aber er könnte Brigitte erzählen, daß es Sonntag wie aus Kübeln regnen würde, eine Mitteilung, die das Unternehmen Fensterputzen hinfällig machen würde, denn Regenwasser liebte es, saubere Fensterscheiben zu erniedrigen. Ein gutes Dutzend Gegenargumente gaben sich in seinem Kopf ein Stelldichein. – Nichts hätte ihn mehr beängstigen können als die Tatsache, bei einem möglichen Fensterputz nicht anwesend zu sein, es war ganz einfach unvorstellbar. Er fand sich vor einem Spiegel wieder, und dank dieser Vision seiner selbst schnitt er den Zickzackmarsch seines Verstandes einfach ab. Er zitterte, und durch die Bewegung tropften einige Schweißperlen herab. Er spürte, daß sein Schicksal ihm erneut entglitt und er wieder zu einem Klumpen Fleisch in den Fängen dunkler Dämonen würde. Eine ewige Wiederkehr zappelte in ihm.

Wir hatten – Entschuldigung – unterschätzt, wie wenig nötig war, damit Hector wieder durchdrehte. Man muß sagen, daß die gerade von ihm getroffene Entscheidung etwas Schockierendes hatte, jedenfalls für die, die seine Neurose nicht aus nächster Nähe miterleben konnten. Während er ein paar Minuten zuvor noch gezittert und geschwitzt hatte, hatte er nun eine Offenbarung: Niemals dürfte er Brigitte daran hindern, die Fenster zu putzen. Das Problem lag nicht darin, daß sie ihre Hausarbeit verrichtete, sondern daß er nicht dabei war. Daher sah er ein, daß er keine andere Wahl hatte, als eine Kamera in der Wohnung anzubringen. Natürlich eine versteckte Kamera. So würde er sich nach seiner Rückkehr an den Bildern erfreuen können. Das war die Lösung. Samstag könnte er beruhigt abfahren, um Marcel beizustehen, der Laurence beistand. Er ging in dieser Woche nicht mehr ins Büro und kaufte statt dessen eine qualitativ hochwertige Ausrüstung. Die Zeit, die er mit dem Lesen von Magazinen über neueste Technologie und modernste Möbel zugebracht hatte, kam ihm nun zugute. Es machte ihn zufrieden, daß sich dies endlich auszahlte. Bei keinem seiner Schritte dachte er nur einen einzigen Moment an den Hector von früher, an den, der fähig war, sein Handeln auf die Beschaffung eines einzelnen Gegenstands auszurichten. Wie konnte ihm entgehen, daß er längst rückfällig geworden war. Seine Krankheit hatte ihn eingeholt und ihm die Augen verbunden.

Glücklicherweise hatte man Freunde, die einem geduldig das eigene Leben erklärten. Dabei ging es Marcel selbst nicht so gut. Egoistisch betrachtet, wußte er, daß, wenn Laurence das Unglück ereilte, ihr Match zu verlieren, die Atmosphäre zu Hause entsetzlich sein würde und man von einem in Kartoffelbreikruste gebackenen Hackbraten nur noch träumen könnte. Das war natürlich nicht Marcels Hauptgedanke, vielmehr vereinigte sich sein ganzes Herz in kosmischen Wellen mit dem Gott, der für Tischtennisangelegenheiten zuständig war. Er versuchte gar nicht erst, den Tapferen zu spielen, seine leichten Magenbeschwerden verhöhnten ihn dafür. Letztlich waren es diese Beschwerden, die die beiden Freunde zum Thema Fensterputzen führten. In der Absicht, seinen Freund zu unterhalten, in der Hoffnung, auf diese Weise die gastritischen Unruhen Marcels ein kleines bißchen in Vergessenheit geraten zu lassen, mit dem Versuch, diesen Mann, dem beinahe die Luft zum Atmen genommen war, auf andere Gedanken zu bringen, dachte Hector, er würde etwas Gutes tun. Und so erzählte er, wie er eine versteckte Kamera auf dem Schrank installiert habe, eine Kamera, die sich bei jeder Bewegung in der Mittelachse eines schmutzigen Fensters einschalte. Sein Vorstoß wurde von großem Erfolg gekrönt, denn Marcel, schockiert über das, was er gerade gehört hatte, hörte auf der Stelle auf zu furzen. Mißmutig fragte er nach weiteren Informationen: wie das alles angefangen habe, wie ihm eine so verrückte Idee gekommen sei usw. Sobald die Erklärungen ein Ende gefunden hatten, enthüllte er das ganze Grauen seiner Diagnose:

«Hector, du bist wieder abgetaucht!»

Zuerst dachte Hector an einen Pool. Dann steckte er

den Kopf aus dem Wasser, um sich den bildhaften Sinn des Wortes »abgetaucht« vor Augen zu halten. Er brauchte einen Moment der Stille, um die schreckliche Botschaft zu verdauen. Alles paßte zusammen, jeder Aspekt seiner neuen Leidenschaft, jeder einzelne Augenblick fügte sich nahtlos in sein früheres Leben ein. Diese überwältigende Faszination für einen Gegenstand und die unbändige Lust, ihn zu sammeln. Diese überwältigende Faszination für einen Augenblick im Leben seiner Frau und die unbändige Lust, ihn noch einmal zu erleben. Da sprach er, jede einzelne Silbe deutlich betonend, dieses Urteil aus: «Ich sammle die Augenblicke, in denen meine Frau die Fenster putzt.» Hector wiederholte diesen Satz einhundertzwölfmal. Der Schweiß, der Wahnsinn, er sammelte einen Augenblick im Leben seiner Frau. Der Schock dieser Erkenntnis saß tief. Und je mehr er darüber nachdachte, desto mehr Lust hatte er auf einen kleinen Fensterputz. Er war bereits süchtig. Er versuchte, nicht zu weinen, aber wie sollte er nicht an diese schreckliche Frage denken: War es ihm überhaupt möglich, ein anderer Mensch zu werden? Als er Brigitte begegnet war, hatte er geglaubt, dem Wunder des Einzigartigen begegnet zu sein, der Frau aller Frauen, einzigartig in all ihren Bewegungen, einzigartig in der Weise, sich in die Lippen zu beißen, mit der Hand durch das morgendliche Haar zu fahren, in ihrer Anmut und Eleganz, Frau aller Frauen, einzigartig im Öffnen ihrer Schenkel. Und doch war nichts zu machen, immer wieder das gleiche und quälende Spiel, diese Regenwurmexistenz in einem begrenzten Stück Erdreich.

Marcel lieh ihm sein Taschentuch. Er versprach ihm, ihn nach Deauville zu bringen, zum Muschelessen. Dann sehe die Welt schon besser auf. Die Idee mit den Muscheln hätte ihm fast den Rest gegeben, doch überraschenderweise bekam Hector wieder etwas Farbe. Die Erinnerung ans Putzen entlockte ihm ein Lächeln. Das Unglück des Sammlers ist paradoxerweise, daß er in seinem Laster die wunderbarste Quelle seiner Freude findet. In eine im Kopf bereits existierende Sammlung verwandelt, war der Augenblick des Fensterputzens seine Chance geworden, kein träges Leben zu führen (ein Psychoanalytiker würde ihm sagen, daß er versuche, seinen Vater zu töten). Wenn Brigitte die Fenster putzte, dann war das sein Refrain, das Lied, das Verliebte im Regen singen. Die Absurdität seines Lebens barg den Charme des Klischees. Also war er nicht unglücklich. Es genügte einfach, an sein Geheimnis zu denken. Um sich wohl zu fühlen, hatte er endlich die Lösung gefunden: gar nicht erst versuchen, geheilt zu werden! Er war ganz einfach so, basta. Er mochte es, wenn seine Frau die Fenster putzte, so wie andere es mögen, mit ihrem Hund Gassi und nebenbei in den Puff zu gehen. Er machte sich auf, zum x-ten Male ein Doppelleben zu führen. Natürlich gab es da ein nicht zu vernachlässigendes Risiko: Die Frau seines Lebens ohne ihr Wissen zu filmen, ist nicht gerade eine Garantie für den Hausfrieden.

Marcel liebte es, Zeitungen zu kaufen, wenn er Zug fuhr, einfache Zeitungen, in denen man über ganz unterschiedliche Dinge spricht, über die Sommermode, über berühmte Menschen. Unter dem Arm hatte er eine Wochenzeitung, deren Titelseite mit der Schlagzeile *Mädchen rätselhaft verschwunden*♦ aufgemacht war. Zwei junge Mädchen waren im selben Pariser Viertel entführt worden. Man erfuhr alles über ihr Leben, es gab aber keinerlei Hinweise auf den Entführer. Hector, der von seinem Entschluß noch ganz eingenommen war, dachte daran, daß er Augenblicke im Leben seiner Frau entführte. Am Ende fuhren sie in eine Stadt ein, die ein bißchen Saint-Étienne ähnelte. Und Laurence gewann ihr Match im dritten Satz 23:21. Sie war sanft, wenn sie gewann.

V.

Brigitte bemerkte nichts. Die Kamera war so unauffällig angebracht wie beim Dreh eines Dokumentarfilms über seltene Tiere. Nach seiner Rückkehr tat Hector so, als ob nichts wäre, was ihm unglaublich leichtfiel, denn *so tun, als ob nichts wäre,* war die Verhaltensweise, für die er die größte Begabung hatte. Samstagabend schliefen sie miteinander und versuchten, sich so dabei zu erschöpfen, daß der Sonntag, ein Tag, der manchmal schwer zu bewältigen ist, in der Benommenheit einer körperlichen Erholung vergehen könnte. Doch letztlich hätten sie besser daran getan, sich zu enthalten, denn es

♦ Wenn wir hier jene Entführungen erwähnen, dann nur, weil sie für unsere Geschichte von Bedeutung sind. Überflüssiges gibt es bei uns nicht, wir servieren nur mageres Fleisch.

kündigte sich etwas Schwerwiegendes und Außergewöhnliches an, zumindest für die Menschen, die den Sonntag für einen Tag halten, der nur schwer zu bewältigen ist: Es war Mireille, die mit zittriger Stimme anrief, ein Problem mit der Suppe, dachte Hector sofort, aber letzten Endes war es dann viel schlimmer, denn der Telefonanruf teilte den Tod seines Vaters mit. «Oh, mein Gott …», seufzte Hector. Drei Minuten später empfand er nicht mehr viel. Abgesehen vielleicht von seinem knurrenden Magen, untrügliches Zeichen dafür, daß er Hunger hatte.

Der Tod hat seine Fehler. Er behindert das Leben derer, die noch im Saft stehen, indem er ihnen die auflastet, die nicht gestorben sind. Eine Mutter zum Beispiel. Es müßte so etwas wie den Gruppentod geben, so eine Art Kaffeefahrt ins Jenseits. Hector wußte nicht, warum ihm all diese zynischen Gedanken durch den Kopf gingen, das war vielleicht eine Begleiterscheinung des Todes, man stumpft möglicherweise auf einen einzigen Schlag ab. Hector weinte nicht, doch Brigitte, die Bewundernswerte und Scharfsinnige, sie begriff, daß sich da etwas völlig Ungewöhnliches zugetragen hatte. Sie ging auf ihren Mann zu, der sogleich ein Kindergesicht bekam, und legte eine Hand auf seine Wange.

«Alles in Ordnung?»

In diesem Augenblick dachte Hector – waren es die Ausläufer seines zynischen Anfalls? –, daß er von dieser Frau alles bekommen könnte. Wie viele Male Fensterputzen bekommt man für den Tod seines Vaters?

Ernest war der große Bruder, daher übernahm er es, ihre Mutter bei sich aufzunehmen. Hector verbrachte die Nacht zusammen mit ihnen. Auch Justine war da, die unter das eheliche Dach zurückgekehrt war, nachdem sie versucht hatte, ein Leben als Single zu führen. Sie hatten ihre Krise zu Ende gespielt, und dann war mit einem Schlag alles vergessen. Hector dachte sofort an die Sache mit dem Blatt, das sich gewendet hatte. In seinem Kopf kündigte Justines Rückkehr das Ende seines Pseudoglückes an. Kein Zweifel: Eine karmische Bedrohung schwebte über den beiden Brüdern, sie konnten nicht beide gleichzeitig glücklich sein (immerhin waren die Karamasows zu dritt in der Finsternis vereint). Unter Brüdern muß man sich doch beistehen – von wegen. Gérard war ja nicht einmal fähig, ein läppisches Jahr in einem Unglück zu verbringen, das wirklich nicht der Rede wert war, nein, Monsieur mußte sich gleich *rejustinieren*. Um sich zu entspannen, kaufte Hector eine Tütensuppe und bereitete sie für seine Mutter zu. Die tägliche Suppe hebt die Moral. Doch so leicht war es bei weitem nicht. Als die beiden Brüder Mireille ermunterten, doch etwas zu essen, wenigstens so viel, um noch bis zum Begräbnis durchzuhalten, fügte sie sich und sah sich mit einer schmerzlichen Enthüllung konfrontiert: Die Tütensuppe schmeckte. All die langen Jahre hatte sie Tonnen von Gemüse gekauft, geputzt und gewaschen, um im Augenblick, in dem ihr Mann verstarb, die Einsicht zu gewinnen, daß unsere moderne Gesellschaft schmackhafte Fertigsuppen produzierte. Sie fiel in eine Depression, die erst mit ihrem letzten Atemzug enden würde. Hector machte die schicksalhafte Einsicht dafür verantwortlich und lud diese neue Schuld auf den Gipfel aller anderen Schuld, die er bis zu seinem Lebensende würde tragen müssen.

Einige Tage vor dem Begräbnis war Hector wieder ausgiebig im Kreis geschritten, eine Bewegung, die für ihn typisch zu werden begann. Er ging immer gebeugter und dachte zum erstenmal darüber nach, daß er keine Kinder hatte. Wenn er stürbe, wer würde dann um sein Grab streifen? Wer würde Blumen auf sein Grab legen? Niemand. Ohne Nachkommenschaft bleiben Gräber Gräber und lernen niemals die Sanftheit von Blütenblättern kennen. Es kam Hector vor, als habe er immer nach einem guten Grund gesucht, ein Kind zu zeugen, und daß er ihn nun gefunden hatte, in der Unausweichlichkeit seiner künftigen Einsamkeit. Er wurde engstirnig, dachte nur noch an den eigenen Vorteil im Leben, es fiel einem in dieser Zeit schwer, ihn zu mögen. Nach der Lektüre eines Artikels, der sich mit der besten Position für eine Zeugung beschäftigte (Hectors initiative Seite, sein Hang zur Effizienz), packte er sich Brigitte wie ein rolliges Tier. Sie dachte, daß es mit dem Tod seines Vaters zu tun haben könnte, daß sein Kopulationsbedürfnis so groß war. In diesem Punkt hatte sie nicht völlig unrecht. Doch schwanger zu werden, das gehörte nicht zu ihren Plänen. Als sie der Reproduktionsanwandlungen ihres Gatten gewahr wurde, sagte sie, daß sie noch nicht soweit sei. Sie schlug einen Hund vor, um sich dem Ziel sanft anzunähern.

An jenem Tag regnete es, was für ein Klischee. Der Tod ist immer ein Klischee. Man erfindet den Tag seines Todes nicht neu und prahlt mit ihm herum. Jedenfalls liegt man immer auf die gleiche Weise da. Die Frauen hatten sich in Schwarz gekleidet, und die Stöckelschuhe erinnerten den Dahingeschiedenen an das Ticktack der Standuhr, das er nicht mehr hören würde. Die Tränen der Mutter flossen langsam. In ihrem Gesicht konnte man ihr gelebtes Leben ablesen und das kurze Leben, das ihr noch verblieb. Eine kleine Tafel wurde vor dem Grab abgestellt:

Er liebte seinen Oberlippenbart

Hector hielt bei dem Wort Oberlippenbart inne. Sein Vater war in diesem Wort, der Tod seines Vaters war in diesem Wort. Der Oberlippenbart war plötzlich wie eine von ihm abfallende Last, und die Barthaare flogen in den Himmel hinauf. Er hatte immer in Angst und Vernachlässigung gelebt, eingesperrt in einem kleinen Wohnzimmer mit großer Standuhr. Der Tod seines Vaters – zum erstenmal dachte er über diese Bedeutung nach, und seine ganze Unruhe, alle Sammlungen, das tägliche Bedürfnis, sich zu schützen, verschwanden. Von einem toten Vater war nichts mehr zu erwarten. Man wird verantwortlich für seinen eigenen Panzer. Er hob den Blick zum Himmel, sah immer noch den Oberlippenbart, und vor seinen Augen baute sich ein großes Fenster auf. Ein großes Fenster, das Brigitte auf der Stelle putzte.

VI.

*W*ie eine Frau, die man nur teilweise entkleidet, hatte Hector einige Tage lang gewartet, bevor er sich die Kassette ansah. Er hatte sie in eine ruhige Ecke des Wohnzimmers gestellt, und jetzt, da er in eine Phase des Nachmittags eintrat, wo er nicht gesehen und nicht erkannt wurde, konnte er in Ruhe die Ernte des dritten Augenblicks seiner Sammlung ins Visier nehmen. Bequem sitzend, das Telefon ausgehängt, machte sich Hector daran, diesen süßen Moment zu genießen. Sogleich spürte er etwas Sonderbares: Es war das erste Mal, daß er Brigitte betrachtete, als sie sich alleine wähnte. Für jemanden, der Brigitte nicht kannte, war kein Unterschied zu sehen, doch Hector sprang jede Abweichung ihres Verhaltens, wie winzig sie auch immer war, sofort ins Auge. Er fand, daß sie sich weniger gerade hielt. Das war vielleicht nur eine Frage von Millimetern, ein schwaches, bedeutungsloses Nichts, doch die versteckte Kamera enthüllte schonungslos jede Veränderung der Frau, die man liebt. Offen gesagt, man langweilte sich dabei, ihr zuzuschauen. Es riß einen nicht vom Hocker. Allenfalls hätte man ihr eine Komparsenrolle in einem italienischen Fernsehfilm am Sonntagabend zugebilligt. Hector fing sich wieder. In Erwartung des alles entscheidenden Augenblicks kritisierte er unbewußt alles, was nicht dieser Augenblick war. Brigitte sollte Fensterputzerin sein – oder nicht sein.

Hector drückte auf Pause und betrachtete Millimeter für Millimeter die Brigittische Wade. Da kam ihm eine Idee, eine Improvisation mitten im Glück: Die Bilder müßten mit Musik unterlegt werden. Er dachte an Barry White, an Mozart natürlich, an die Beatles, an die Filmmusik zu *Car Wash*, aber schließlich entschied er sich für ein sehr bekanntes deutsches Lied, dessen Worte in etwa klangen wie *nannenai, isch-nannenai, nannenai, isch-nannenai* (phonetische Traduktion!). Wenn man seiner Frau zusah, wie sie die Fenster putzt, war jedes Detail wichtig. Alles mußte perfekt sein. Sinnliche Lust ist eine Naturwissenschaft, bei der jeder seinen hauseigenen Einstein besitzt. Ihn erregte diese deutsche Melodie. Brigitte war herrlich. Zum dritten Mal sah er sie in all ihrer Reinheit, in all ihrer weiblichen Entfaltung. Nach einigen weiteren, sehr ähnlichen Szenen stoppte er die Kassette. Seine Augen, aufgerissen wie ein Mund vor dem Niesen, nahmen jedes Detail des Films auf. Hector wurde völlig abhängig von Brigittes Putzerei, und zwar so sehr, daß die sexuelle Befriedigung ihm fast keine Lust mehr bereitete (schwierig manchmal, sich mit einer so geliebten Frau zu lieben). Er war natürlich noch in der Lage, das *carpe diem* eines sauberen Fensters zu erfassen, doch wie alle jüdisch-christlichen Menschen, die in Paris leben, wurde er von einem Schuldgefühl erfaßt, das für die *rive gauche* typisch ist. Befriedigte sexuelle Lust hatte immer diese giftige Färbung der Kollaborationszeit. Er fühlte sich schmutzig; sein Vater war gerade gestorben, und er erregte sich auf so eine niedere Weise. Sein ganzes Leben war eine einzige Maskerade gewesen, eine kümmerliche Existenz. Die Scham trampelte über sein Gesicht. Humpelte darüber.

Und dann passierte es.

Und dann passierte es, daß die Aufnahme anhielt, als Brigitte von der Trittleiter stieg und aus dem Bild ging. Im folgenden Bild kam Brigitte zurück, doch diesmal wurde sie von einem Mann begleitet. Ja, einem Mann! Hector entging mit knapper Not einem Erstickungsanfall, obwohl weit und breit keine Brezel war, die ihm hätte die Luftröhre verstopfen können. Ihm blieb keine Zeit, auf die Pausetaste zu drücken. Und so beginnen nicht wenige der großen Dramen unseres Lebens. Der Mann und die Frau (ja, Brigitte war «die Frau» geworden, das jähe Gefühl, sie viel weniger gut zu kennen) reden ein paar Sekunden, und ihre Münder sind sich nahe, viel zu nahe, diese dreckigen Münder. Wegen des *nannenai, isch-nannenai, nannenei, isch-nannenai* kann man nicht genau verstehen, was sie sich sagen. Man spürt fast einen Hauch von Nouvelle vague in dieser Atmosphäre des körperlichen Verrats. Aber der Mann verwandelt sich wenig cinephil in ein Tier, läßt die Hosen herunter und öffnet Brigittes Schenkel. Das alles wird innerhalb von zwölf Sekunden abgespult – da waren andere schon schneller –

Stop (Hector hält die Kassette an).

Im ersten Moment denkt man nicht nach. Man denkt daran, sich aus dem Fenster zu stürzen, man denkt an den Körper des anderen Mannes, denkt an den Augenblick, wo er über Brigitte herumfuhrwerkt. Dieser Mistkerl hat ihr nicht einmal Zeit gelassen, die Fenster zu putzen. Zweifellos ist das ein Perverser. Und er? Er war mit einem Freund bei einem Tischtennismatch, dabei hatte er diesen Scheißsport doch immer gehaßt, ein Sport, der erfunden worden war, um Männern die Hörner aufzusetzen. Brigittes Fleisch, an einem einzigen Samstagnachmittag besudelt, das roch nach der Armseligkeit eines Vorfalles irgendwo in der Provinz, wahrscheinlich gehört diese männliche Kreatur auch noch zur Familie, eine Blutsverwandtschaft, die aus dieser ohnehin schon abgeschmackten Angelegenheit eine die Menschheit erniedrigende machen würde. Hector mußte atmen, um wieder Herr der Lage zu werden, und wieder Herr der Lage werden hieß, diesen Verrückten zu suchen und ihm den Hals umzudrehen. Blöd nur, daß er überhaupt nichts von Gewalt verstand, er hatte sich zwar manchmal um Sammlerstücke geschlagen, aber niemals hatte er die schicksalhafte Linie physischer Aggression überschritten. Der kalte Schweiß brach ihm aus bei der Erinnerung an den behaarten Rücken des Unbekannten, ein Rücken so breit wie ein Haifischmaul; sie betrog ihn mit einem Wochenend-Neandertaler. Feigheit fraß sich ins Gelände seines kleinmütigen Gehirns. Es gab ja auch andere Lösungen. Er dachte daran, einen Mörder anzuheuern, eine saubere, professionelle Sache, eine Kugel in den Nacken, und dann wäre es vorbei mit seiner Herrlichkeit, mit seiner schändlichen, bis in alle Ewigkeit schlaffen Herrlichkeit, die Brigittes mythisches Inneres erforscht hatte. Aber wo soll man, offen gesagt, an einem Freitagnachmittag kurz vor Feierabend einen guten Mörder finden? Er hatte Angst, man würde ihm einen Lehrling andrehen, der vergessen würde, den Zettel mit dem Namen des Auftraggebers zu verbrennen, bevor er auf einen vermutlich nicht einmal geschmierten Abzug drückte.

Hector hatte Aragon nicht gelesen, und letzten Endes braucht man Aragon auch gar nicht gelesen zu haben, um zu erfahren, daß die sinnliche Lust eine Diktatur ist. Die Tyrannei schlechthin, die man nur dadurch zum Sturz bringt, daß man sich selbst stürzt. Wenn man nur in einem einzigen, intensiven Augenblick die Vorstellung vom Glück gestreift hat, werden die Gedanken, einen Mörder zu finden, die Gedanken, seinen Mann zu stehen, zu freundlichen Lächerlichkeiten. Brigitte zu verlassen würde unweigerlich bedeuten, sie nie wiederzusehen. Und sie nie wiederzusehen würde unweigerlich bedeuten, daß er nie wieder beim Fensterputzen dabei wäre. Seine durch den gerade erlebten furchtbaren Schock stimulierte Intelligenz führte uns zu schönen, offenkundigen Wahrheiten. Und aus diesem Offenkundigen leitete sich eine einzige Wahrheit ab: die Unmöglichkeit, über das zu sprechen, was Brigitte passiert war. Die Sammlung «Fensterputzen» mußte, koste es, was es wolle, erhalten bleiben. Nur kein Risiko eingehen, auch wenn das feige war. Gut, er wäre ein Feigling – aber nur um sein Glück zu bewahren. Darin konnte man ein Laster sehen. Aber so ist es nun mal: Des einen Sinnlichkeit ist das Laster des anderen: Die Sadomasochisten halten die Liebhaber der Missonarsstellung sicher auch für lasterhaft. Hector war der sinnlichen Lust in die Falle gegangen, er hatte also gar keine Wahl: Wenn Brigitte abends wieder nach Hause käme, würde er ihr geradewegs in die Augen blicken und sein schönstes Lächeln aufsetzen, jenes, das er am Tag ihrer Hochzeit geprobt hatte.

Es war ein sehr sympathisches Lächeln.

Dritter Teil

Eine Art Dekadenz

1.

*M*it einer Frau zusammenzubleiben, die einen betrügt, nur um sie Fenster putzen zu sehen, ist nicht idiotischer, als einmal um den Globus zu reisen, um einen Augenblick lang die Ohrläppchen seiner großen Liebe zu betrachten, als sich wie Romeo und Julia das Leben zu nehmen (Julia muß wirklich eine Meisterin im Fensterputzen gewesen sein!), als Edelweiß für seine Angebetete pflücken zu gehen, als nur einen Tag nach Genf zu fahren, um das Ritz zu suchen, das es dort nicht gibt, als von Sinnlichkeitsseifenblasen leben zu müssen oder als dich zu lieben und dabei einem stalinistischen Oberlippenbart zu ähneln. Das alles steht auf einer Stufe. Hector brauchte sich also wegen seiner kleinen sinnlichen Vorliebe nicht schuldig zu fühlen. Jeder hat seine eigene unglückliche Art zu lieben. Jedenfalls kommt es dem Hausfrieden zugute, wenn man eine Frau glauben läßt, man wüßte nicht, daß sie einen betrügt. Nach dem Nachmittag, den er gerade verbracht hatte, hatte Hector nichts gegen ein bißchen Erholung von der Lüge einzuwenden. Er konnte Brigitte jedenfalls nicht mehr so anschauen wie vorher. Um genau zu sein, es war sogar noch schlimmer, denn er hatte permanent ihren Liebhaber vor Augen. Wenn er seine Frau ansah, erblickte er ein weibliches Wesen, in das sich ein Draufgänger mit tschechischem Apparatschikkopf hineingezwängt hatte. Da an jenem Abend ein guter Film im Fernsehen lief, konnte er sich ablenken. Sie würden auf dem Sofa liegen – ein Sofa ist was Angenehmes, es ist wie ein frisch adoptiertes Kind – und Teil eines schönen Augenblicks liebenswerter Amerikanisierung sein. Brigitte fand Hectors Verhalten sonderbar. Sie versuchte herauszufinden, was er hatte, und zwangsläufig ließ er, in der übermächtigen Tradition plötzlicher Panikattacken, immer wieder ein «nichts, nichts» ertönen, was, wie man sagen muß, ziemlich jämmerlich klang. Verzweifelt warf er einen raschen Blick aufs Fenster und betrachtete dessen enttäuschende Sauberkeit. Er würde noch einige Tage, einige Wochen im Schweiße des Angesichts eines anderen Mannes abzuwarten haben. Er log, als er sagte, er hätte Kopfschmerzen (es war das dritte Mal, das er an jenem Abend dieselbe Entschuldigung gebrauchte), und wieder löste Brigitte zwei Aspirin in einem Glas Wasser auf. Es war seine sechste an diesem Abend. Langsam, aber sicher spürte er leise Kopfschmerzen.

Systematisch münden die Freitagabende in die Samstagmorgen (damit kann man uns nicht überraschen). Und es war eine Woche her, am vergangenen Samstag, daß Brigitte Hector unter den unsäglichen Bedingungen betrogen hatte, die wir kennen. Wie zufällig – der Wecker hatte gerade geklingelt – fragte sie ihren Mann an diesem Morgen, was er vorhabe (ihr Ehebruch wurde wohl ganz nach einer Schweizer Uhr gestellt). Stand ihm überhaupt der Kopf danach, etwas vorzuhaben? Hector hatte niemals in seinem Leben vorausgeplant und schon gar keine Tage, an denen seine Frau sich in Begattungsfragen fortbildete.

«Ich habe nichts vor ... Und du?»

Man mußte schon ziemlich kaltblütig sein, um so zu antworten. Doch Madame zuckte mit keiner Wimper, nichts, nicht einmal ein winziger Schweißausbruch (während er in der gleichen Situation bereits den linken Arm gehoben haben würde, um einen Infarkt abzuleiten). Frauen sind faszinierend. In der Lüge ebenso wie in der Wahrheit sind Frauen faszinierend. Brigitte hatte also Besorgungen zu machen, und dann, am späten Nachmittag, von fünf bis sieben, würde sie ihren Bruder besuchen. Gérard kam ihr für ihre Ausreden natürlich gelegen. Was konnte sie mit ihm schon unternehmen an diesem späten Samstagnachmittag? Nein, das war nicht möglich, niemand besuchte seinen Bruder an einem Samstag. Brüder traf man doch vor allem Dienstag mittags. Hectors Blut geriet in Wallung. Einem Peitschenhieb gleich, wurde er mit voller Wucht in seiner Würde getroffen, wie es alle betrogenen Männer bestens kennen. Monsieur hatte nichts weiter tun wollen, als einfach nur den nächsten Fensterputz abzuwarten. Doch als Monsieurs Frau ihren Lügnerinnen-Zeitplan vor seiner Nase entfaltete, wurde es ihm zuviel. Männer sind so klein wie ihre Vorsätze: Er hatte keinen halben Tag durchgehalten. Kaum hatte Brigitte ihrer beider ach so schöne Wohnung verlassen (sie waren einmal glücklich gewesen), als Hector den Telefonhörer abhob und den Alibibruder anrief. Der Kompagnon bestätigte selbstverständlich. Wie hatte er nur einen Augenblick lang glauben können, daß er ihr in den Rücken fallen würde? Familien verstecken ihre Ehebrüche immer tief im Keller, Ehebrüche sind die Juden der Liebe. Es sah ganz so aus, als wäre ihr Alibi überzeugend, sie mußten ein Geschenk für den Hochzeitstag ihrer Eltern kaufen. Die steckten also auch mit ihr unter einer Decke. Die ganze Familie mußte sich hinter seinem Rücken totlachen. Seine Ohren pfiffen wie die Züge an der Schweizer Grenze. Er hätte mißtrauisch sein sollen, was war er nur für ein Idiot! Was für ein Glück, daß er von der Leidenschaft fürs Fensterputzen seiner Frau hingerissen worden war. Sonst hätte er doch niemals etwas von diesem Familienkomplott erfahren, das sich rings um ihn zusammenbraute. Er mußte jetzt noch besser aufpassen und – warum nicht – in Betracht ziehen, weitere Kameras zu installieren.

Wenn Hector bei Gérard anrief, mußte er einen Vorwand für diesen Anruf haben. Gérard gehörte nicht zu der Sorte Männer, die man einfach so anruft, da mußte schon ein handfester Anlaß her. In seiner Erregung war Hector nichts anderes eingefallen, als ihm eine Fahrradtour für den späten Nachmittag vorzuschlagen. Wenn man ihm auf die emotionale Tour kam, würde Gérard vielleicht schwach werden. Wie wir wissen, hatte er mit überraschender Selbstsicherheit, trotz der velozipedistischen Versuchung, das Alibi seiner Schwester bestätigt.

Hector jedoch hatte die Kollateralschäden seiner Attacke weit unterschätzt. Unglaublich gut gelaunt, schlug Gérard vor, sie doch gleich zu unternehmen, diese Fahrradtour. Warum bis morgen mit dem warten, was man auch heute schon besorgen kann? Das war wirklich ein stumpfsinniger Kerl, dieser Gérard (jetzt, wo die Ehe zu zerbrechen drohte, begeisterte Hector sich nicht mehr für die Fahrräder seines Schwagers und noch viel weniger für diese Rennstrecke der maghrebinischen Totalversager, die der erstbeste gedopte europäische Radrennfahrer gewinnen würde), doch weil er ein stumpfsinniger Kerl war, bei dem die Muskelmasse umgekehrt proportional zur Masse der Gehirnzellen stand, war es nicht sinnvoll, ihm zu widersprechen. Hector mußte Shorts anziehen, was ihm das Aussehen eines konservativen Kandidaten für die Gemeindewahlen verlieh. Er betrachtete sich im Spiegel und fand sich abgemagert. Man brauchte gar nicht erst näher an ihn heranzutreten, um die Vorsprünge bestimmter Knochen zu sehen.

Gérard gab ihm links und rechts einen Kuß, er gehörte ja schließlich zur Familie. Ich habe gerade hundert Liegestütze mit dem linken Arm gemacht, sagte er zur Begrüßung. Sie stiegen auf der Stelle in den Keller hinunter, um das Gästerad zu holen, das Hector benutzen sollte, ein Fahrrad, dessen Reifen sich als leicht unterpumpt herausstellten. Damit wollte Gérard vermeiden, daß der Gast sich in einen potentiellen Rivalen verwandelte. Auf der Treppe begegneten sie einem freundlich lächelnden Nachbarn. Und wenn Gérard normalerweise immer unglaublich zuvorkommend war, spielte sich diese Begegnung hier mit einer beunruhigenden Kälte ab (Expreß-Händedruck). Er mochte ja vielleicht gern mit seinem Schwager Fahrrad fahren, aber einen Nachbarn dermaßen herablassend zu behandeln, das war nicht besonders anständig. Hector blieb genug Zeit, das Unverständnis im Blick des Nachbarn wahrzunehmen, ließ aber diese Wahrnehmung für den Augenblick beiseite. Erst etwas später, als ihm der Wald von Vincennes schon wie eine Manege vorkam, weil er so viele Runden darin gedreht hatte, wurde er von einem zweifachen Eindruck beherrscht:

1. Dieser Nachbar ist unzweifelhaft ein Freund von Gérard, der tat aber so, als würde er ihn nicht kennen.

2. Wenn der zweite Eindruck noch verschwommener ist, dann wird er zumindest langsam schärfer. Hector hatte das Gefühl, diesen Mann schon einmal gesehen zu haben. Und doch hatte er seinen Schwager vor dieser Sache mit der Alibiklärung niemals besucht. Handelte es sich vielleicht um eine Berühmtheit? Nein, berühmten Leute begegnet man auf der Treppe anders. Diese himmelblauen Augen, die kannte er doch, die hatte er schon öfter gesehen ... Ouarzazate-Casablanca! Das war einer der Rennfahrer auf dem Podium!

Sie fuhren immer noch, Hector sah auf die Uhr. Es waren fast zwölf Minuten, die sie sich da jetzt abstrampelten. Wieso verging die Zeit auf dem Fahrrad so langsam? Ein idealer Sport für die, die der Meinung sind, das Leben würde zu schnell vergehen. Die Waden und

Schenkel in Aktion belüfteten den Verstand. Warum nur war Gérard ein solcher Idiot geblieben, fragte sich Hector. Er tat so, als wäre ihm nicht gut, und hielt am Straßenrand. Als professioneller Kenner sportmedizinischer Maßnahmen gab Gérard ihm ein paar wohlklingende Ohrfeigen, um den Sterbenden zu reanimieren.

«Wenn du weiterfahren willst, nur zu, ich breche ab», sagte Hector, der in den letzten Zügen lag.

Er schrieb dieses Unwohlsein dem Mangel an Training zu. Immerhin hatte er sich seit 1981 nicht mehr sportlich betätigt. Damals waren sie alle durch die Straßen gezogen, um den Wahlsieg von François Mitterand zu feiern. Später war François Mitterand an einer vor den Franzosen lange geheimgehaltenen Krankheit langsam gestorben, und Hector hatte nie wieder die richtige Gelegenheit gefunden, Sport zu treiben. Der Radsport verdrängte spontan Tischtennis von Platz eins der Rangliste der von ihm verachteten Sportarten. Gérard wirkte sehr verärgert, denn für ihn war die Vorstellung von der Familie so heilig wie der Papst. Man hatte nicht das Recht, ein Familienmitglied allein am Straßenrand zurückzulassen, so stand es in den Geboten seiner Religion geschrieben. Aber weil sein höchster Gott das Fahrrad war, setzte er ein paar einsame Runden fort. Hector setzte sich auf eine Bank, um wieder zu sich zu kommen, und auf ebendieser Bank war es, wo ihm dieser machiavellistische Gedanke kam: Gérard zu verraten. Jeder war sich selbst der nächste, und wenn Brigittes gesamte Familie sich gegen ihn vereinte, mußte er die Waffen einsetzen, die er besaß, und unter diesen befand sich auch die niederträchtigste von allen, die Denunziation. Er verteidigte seine Interessen wie ein in Kriegszeiten geborenes Tier. Er ließe sich jedenfalls nicht auf so dreckige Weise über den Haufen schießen und würde nicht langsam vor sich hinsterben, ohne jemals wieder beim Fensterputzen zuzuschauen.

Nach einer Dreiviertelstunde der Anstrengung kam Gérard leicht außer Atem wieder zurück. Er war hinauf- und vor allem wieder heruntergefahren wie noch nie. Die Schaulustigen des Bistros an der Porte de Vincennes, *Chez Kowalski*, könnten diese Fähigkeit bezeugen. Zum Lügen brauchte es ein Minimum an Intelligenz, und Gérards Intelligenz, so gierig sein Gehirn sich auch nach ihr verzehrte, hinterließ hier und da nur ein paar Krümel. Er hatte natürlich nicht daran gedacht, sich einen Kaugummi zu kaufen. Hector zog seinen Nasenhorizont um ein paar Zentimeter zurück, um die Großtat seines Schwagers besser verfolgen zu können. Er sagte es geradeheraus:

«Ich weiß, daß du das Rennen Ouarzazate-Casablanca nicht gewonnen hast.»

«...»

«Und wenn du mir nicht sagst, wen deine Schwester heute um fünf Uhr trifft, dann erzähle ich alles deiner Familie ... Und allen deinen Saufkumpanen!»

«...»

Auch wenn Gérard ein kleines bißchen mythomanisch war, waren sich alle darin einig, daß er ein lieber Kerl war. Er war es nicht gewohnt, daß man ihn angriff (es hatte bereits eine Polemik über dieses Rennen gegeben, doch die Sache war seit langem beigelegt und aus seinem Kopf gestrichen. Aber Lügen sind Lazarusse, immer bereit, im Wunder eines neuen Lichts aufzuerstehen ...), und so kam es, daß seine Antwort ein wenig auf sich warten ließ. Es gibt eine Redewendung, die von der «Ruhe vor dem Sturm» spricht, und kaum hatte Gérard sich von dem erholt, was er gerade gehört hatte, stürzte er sich mit aller Gewalt auf Hector. Er schlug ihm zwei Zähne aus, dann hielt er inne:

«Am besten, wir regeln das bei mir!»

Hector versuchte auf jede nur mögliche Weise, sich dem zu entziehen, aber er hatte Gérard an seiner Schwachstelle getroffen. Das Rennen Ouarzazate-Casablanca war sein ein und alles, der Sockel, auf den er sein Leben gegründet hatte. Verhandeln war nicht möglich. Ehe sie sich versahen, fanden sich die beiden Musterexemplare derselben Familie in Gérards Keller wieder. Zu früherer Stunde, als sie in demselben Keller das Gästerad geholt hatten, hatte Hector das große Filmplakat nicht bemerkt: *Das Schweigen der Lämmer.* Plötzlich flammte in seinem Kopf eine Erinnerung auf, eine undeutliche Reminiszenz an eine pseudocinephile Diskussion, bei der Gérard nahezu Tränen in den Augen gehabt hatte, als er sich die Szenen der Einlieferung Hannibal Lectors ins Gedächtnis zurückrief.

II.

*I*n diesem der Agonie so nahen Raum dachte Hector wieder an die Augenblicke, wo das Fleisch ihn schließlich vom immer wiederkehrenden Unendlichen seines Lebens erlöst hatte. Die gleichwohl unvergeßlichen Details der ersten Augenblicke seiner Liebe zu Brigitte lagen im Nebel einer souveränen, auf subtile Weise tyrannischen Lust. Als er den Schlag nicht mehr spürte, den Gérard ihm verpaßt hatte (es existiert ein merkwürdiges Stadium, wo der Schmerz in Sinnlichkeit übergeht), verwandelte sich das Blut in seinem Mund in ein Reinigungsmittel für Fensterscheiben. Er bettelte nicht um Gnade, er sagte nichts. Zusammengebunden wie ein geschmuggelter Schinken, erwartete er den Tod auf einem Kai, in der Hoffnung, daß es nicht wieder Verzögerungen geben würde wie beim letzten Mal. Natürlich würde er nicht sterben. Hatte Gérard auch wenig Erfahrung auf dem Gebiet übertriebener Brutalität, so wußte er doch – und das dank seiner cinephilen Freunde –, daß es genügte, dem infamen Verräter, der auszupacken drohte, gehörig Angst einzujagen. Sobald er seinem Opfer also das Versprechen ewigen Stillschweigens abgenommen hätte, würde er die Brutalität und die Einkerkerung einstellen. Doch anstelle dieses Stillschweigens fand er sich einem Lächeln gegenüber. Hector, der in eine Ekstase geraten war, die ein Henker pervers genannt hätte, entdeckte eine beinahe masochistische Lust.

Gérard verstand das nicht: *Im Schweigen der Lämmer* lächelte das Opfer nie. Sicher, dort wurde es in Stücke gerissen, doch bei all den Schlägen, die er ihm verpaßt hatte (seine Fäuste taten weh), kam ihm der mit allen minus zwei Zähnen lächelnde Schwager wie eine Halluzination vor. Gérard fing plötzlich an, vor dem zu zittern, den er folterte. Und eine Minute später warf er sich vor ihm auf die Knie.

«Ja, es stimmt… Ich habe Ouarzazate-Casablanca nie gewonnen! Verzeih mir, verzeih mir!»

Hector kehrte von seiner sinnlichen Reise zurück. Der Schmerz der Schläge war sofort überall zu spüren. Er versprach, keinem etwas zu sagen. Er war sich ohnehin nicht sicher, ob er noch eine Zunge hatte, um Wörter zu formen. Er versuchte aufzustehen, und Gérard half ihm dabei. Ein großes Unverständnis über das, was sie erlebt hatten, erfüllte sie mit Scham. Der Kampf hatte zwei liebenswerte Menschen einander gegenübergestellt, und beide waren an ihren empfindlichen Stellen getroffen: am potentiellen Ruhm der eine, am erotischen Potential der andere. Zwei liebenswerte Menschen, vom Bestreben in die Falle gelockt, koste es, was es wolle, das zu retten, was von ihrem armseligen Leben noch übrigblieb.

Über diese Gemeinsamkeit umarmten sie sich.

Hector ging zu Fuß nach Hause und fand nur mit Hilfe der Straßenschilder den richtigen Weg. Die Leute auf der Straße drehten sich nach ihm um, was ihm seit dem Tag seines Selbstmordversuchs nicht mehr passiert war.

Er konnte diesen Tag also endgültig zu den ruhmlosesten seines Lebens zählen. Er ging in eine Apotheke, um ein Desinfektionsmittel und ein paar Pflaster für sein Gesicht zu kaufen. Die zahlreichen Wunden zwangen ihn, sich fast ganz zuzukleben. Auf seinem Weg hörte er eine Stimme, die ihn mit dem unsichtbaren Mann verglich. Das war idiotisch, man konnte dem unsichtbaren Mann nicht gleichen, denn niemand hatte ihn je gesehen, den unsichtbaren Mann.

Endlich vor seiner Haustür angekommen, zündete sich Hector, zur Verwunderung seiner Lungen, eine Zigarette an. Er rauchte wie ein Erwachsener, wobei er totgeborene Rauchspiralen verschluckte. Wenn nach der Zigarette keine Frau vom Himmel fiel, könnte man versuchen, normal weiterzuleben. Seine Gedanken und Vorstellungen nahmen in ihrer Verknüpfung wieder eine kohärente Form an. Er bedauerte es, daß er den Radrennfahrer zum Singen hatte bringen wollen. Alles könnte so viel leichter sein, wenn die Frauen, die man liebt, nicht Fenster putzen würden. Vor Liebe überschäumend, hätte er sich dann mit diesem sexuellen Seitensprung abgefunden und verziehen. Vielleicht wären sie zu einem Psychologen für aus dem Tritt geratene Paare gegangen? Dort hätten sie erzählt, warum sie andere Körper brauchten, um sexuell weiterzukommen, warum sie Fleischfresser waren, die sich von fremdem Fleisch ernährten. Sie hätten sich auf ein Sofa gesetzt, und der Doktor hätte sie auch getrennt befragen wollen. Um zu vergleichen, um das Problem einzukreisen, um zu verstehen, warum Hectors Frau, eine in ihrer Unscheinbarkeit so erotische Frau, das Bedürfnis verspürte, sich im Stehen im Wohnzimmer nehmen zu lassen. Dafür gab es ganz sicher einen Grund.

Hector wurde sich seines Schmerzes wieder bewußt. Er konnte es gar nicht fassen, daß er auf diese Weise zu den glorreichen Zeiten seines erbärmlichen Lebens zurückkehrte. Wie hatte er eine solche Demütigung hinnehmen können? Fensterputzen war zwar eine erhabene Angelegenheit, aber hatte er das Recht, sich derart herabzusetzen? Wie im größten Augenblick seiner Sammelsucht opferte er seine Würde einem Objekt. Genau darin lag sein Problem: Er schätzte sich nicht höher ein als ein Objekt. Er war nichts, und im Augenblick, in dem ihm dieser Gedanke kam, ging er an einem Spiegel vorüber, um sich noch einmal seiner Unsichtbarkeit zu erinnern. Ich bin ein Objekt, dachte er. Um gesund zu werden, müßte er vielleicht versuchen, sich selbst zu sammeln! Er wollte lächeln, doch sein Lächeln war in desinfizierenden Verbänden gefangen. Er wollte nicht nach Hause. Er schaute, ob das Licht eingeschaltet war. Nein, niemand da. Möglicherweise hatte seine Frau in diesem Augenblick einen Orgasmus.

Hector hatte keine Tränen mehr.

Weit vom angenommenen Orgasmus seiner Frau entfernt, rutschte Hector auf einer weichen, stinkenden Masse aus. In diesem beinahe schon chinesischen Viertel gab es viele Hunde. Vier sympathische Schaulustige blieben vor dem Opfer der unfreiwilligen Rutscheinlage stehen. Nicht etwa, um ihm beim Aufstehen zu helfen, sondern um unisono ihr Bedauern darüber auszudrücken, daß sie den sicher spektakulären Sturz verpaßt hatten. Hector stand wieder auf, mit mehr Angst als Schmerzen. Doch oft vergißt man, daß die Angst ein ganz kleiner Knochen ist, der in der Nähe der Hüfte sitzt. Tage später, wenn er beim Arzt sein würde (nächsten Dienstag, am späten Nachmittag, wird Doktor Seymour versuchen, Sie zwischen zwei Terminen dranzunehmen, hatte Dolorès gesagt, die Krankenschwesternassistentin, denn er hatte darauf bestanden, den Radiologen zu sehen), würde man ihm den Riß im Angstmuskel bestätigen.

Es war nun eine Woche her, daß er offiziell betrogen worden war. Jeder hatte das Recht auf eine eigene Zeitrechnung. Man hatte sogar das Recht, diesen Ruhmestitel zu feiern. Eine ganze Anzahl von Männern träumte davon, betrogen zu werden, nur um ihrerseits betrügen zu können, was letztlich bedeutet: ohne Schuldgefühle. Angesichts der Tatsachen wendete er all seine spontanen Theorien auf seinen zukünftigen Zustand als Eremit an. Er hatte keinerlei Zweifel an einem derartigen Ende, denn man behauptete ja von den Frauen, sie seien viel resoluter als die Männer. Sie würde ihn also verlassen. Und er wäre dann nichts weiter als ein verlassener Mann. Die Vorstellung des leeren Betts, die sich in seinem Kopf einbrannte, brachte ihn zum Ersticken. Seine

Liebe wird also gehen und die Bettlaken kalt zurücklassen. Auch der Kaffee würde ewig kalt sein (wie macht man nur Kaffee?). Er würde seine Tage vor der Glotze verbringen, und sein Schlafanzug würde Flecken aufweisen, die beim Waschen nicht mehr rausgingen. Er würde vergessen, daß auch er ein Mann gewesen war, der sich morgens hatte rasieren können. Aber nein, so durfte es nicht sein! Er verweigerte sich diesem Schicksal des verängstigten Depressiven. Er mußte sein Leben mit größerem Ehrgeiz betrachten. Er würde sich ändern, er mußte sich ändern! Aus Liebe würde er auf das Fensterputzen verzichten. Er würde dem behaarten Körper des anderen Mannes vergeben, dem so glücklichen Körper dieses absurden anderen Hirns. Er würde die Irrungen des Fleisches verzeihen, dem Bedürfnis, miteinander zu verschmelzen, um leben zu können! Jeder wußte, wo diese Nebenstraßen hinführen. Also mußte man dies akzeptieren und gar nicht erst versuchen, es zu verstehen.

Sie dabei ertappen, er sah keine andere Strategie, um seine Frau zurückzuerobern. Ihr die Augen durch Überaschung öffnen. Er dachte daran, sie mit einem prachtvollen Abendessen zu empfangen, sie, die in eines anderen Schweiß gehüllt nach Hause käme. Man konnte auch den Ehebruch aus Liebe hegen und pflegen. Sie hatte damals den Braten von Laurence gemocht. Unglücklicherweise blieb sein Vorsatz schon in der Absicht stecken, denn er war nicht in der Verfassung, auch nur das einfachste Essen zuzubereiten. Er würde sie daher ins Restaurant führen, und um diesen unglaublich überraschenden Abend ausreichend zu würdigen, würde sie ihren Körper in ein Prinzessinnengewand hüllen. Das Restaurant würde das reine Glück sein. Es würde Kerzen geben, die die offenkundigen Risse im Glück des Paars in ein Halbdunkel tauchten. Dieser Entwurf des Abends, an dem alles neu beginnen würde, hob die tot geglaubte Moral Hectors wieder. Er betrat sein Zuhause, vergaß dabei aber, wie wenig er auf der Höhe seiner physischen Erscheinung war. Der Geruch des Hundekots war so penetrant, daß man sich zu Recht fragen konnte, was dieser Hund wohl gefressen haben mochte.

Glücklicherweise traf er niemanden auf der Treppe.

Unglücklicherweise überraschte er, der überhaupt nicht bei der Sache war, beim Betreten seiner Wohnung alle die, die bereits seit einer guten Stunde versucht hatten, ihn zu überraschen, und nun, in der wunderbaren Tradition des Geburtstagsständchens immer wieder die Zeile sangen: «Zum Geburtstag viel Glück!» Er erkannte Marcel, Brigitte, Ernest und die anderen. Was für ein Idiot mußte man sein, um an diesem Tag Geburtstag zu haben.

III.

Hector war eben der Typ Mann, der es nicht ausstehen kann, daß man Geburtstage für ihn ausrichtet. Im Geist sah er überall Verschwörung. Man hatte hinter seinem Rücken geredet, man hatte die Überraschung vorbereitet, wie andere zum Verrat anstiften. Ganz abgesehen davon, daß er ihnen mit seiner überraschenden Initiative, mit Gérard Fahrrad zu fahren – was für eine Wahnidee! –, nicht unbedingt geholfen hatte. Die Mistkerle waren ein bißchen in Panik geraten, waren aber wieder auf ihren Überraschungsorganisatorenpfoten gelandet (wahre Profis). Er wußte nicht einmal, wie alt er wurde. All diese mit unglaublichem Humor gesegneten Menschen hatten natürlich einen Kuchen vorbereitet, der ihn an sein Alter erinnern würde. Dies war der Grund, weshalb sie alle dort waren. Die Jahre herunterzuzählen, seine falsche Jugend kurzfristig im Zuckerguß festzuhalten. Angesichts seines Kopfes war die ganze Stimmung schnell im Keller. Seine Freunde fragten sich, was ihm nur zugestoßen war. Hector stellte fest, daß an dem Tag, an dem er sich allen Menschen gegenüberfand, die er kannte, seine Erscheinung ihren Tiefpunkt erreicht hatte. Dies war das untrügliche Zeichen für ein verfehltes gesellschaftliches Leben. Dennoch war das Abebben der guten Stimmung nur ein flüchtiges. Wenn man einen Überraschungsgeburtstag organisiert, ist man verpflichtet, gute Laune zur Schau zu tragen (man muß eingeladen sein, um das Recht zu haben, eine Schnute zu ziehen). Sie alle fühlten sich dafür verantwortlich, Hector eine derartige Erniedrigung beigebracht zu haben. Also setzten sie ein honigsüßes Lächeln auf. Ohne sich aus der Fassung bringen zu lassen, stimmten Familie und Freunde den Klassiker an. Damit konnten sie nun wirklich niemanden überraschen, da gab es nichts Unerwartetes, man singt einfach immer «Happy Birthday ...»

Wie so oft (und das ist eine schlechte Angewohnheit) wollte Hector auf dem Schlachtfeld sterben. Die Scham, die ihm alle zufügten, war unermeßlich. Ihn, der sich entschlossen hatte, sich zu ändern, ihn, der sich entschlossen hatte, die aufkommende Nymphomanie seiner Angebeteten endgültig hinzunehmen, ihn überfuhr man ungerechterweise bei seinem Versuch, ein verantwortungsvoller Mensch zu werden. Sie alle spielten mit ihm, schon immer und bis in alle Ewigkeit. Angefangen bei seinen Eltern, die beschlossen hatten, ihn nur deshalb in die Welt zu setzen, weil sie sich für den Auszug seines Bruders rächen wollten. Man zeugt doch keine Kinder im Abstand von zwanzig Jahren, dazu hatte man kein Recht … Erstarrt in dem Unbehagen, er selbst zu sein, rührte er sich nicht mehr. In diesem Augenblick hätte er alles dafür gegeben, überall beschützende Gegenstände zu haben, riesige Sammlungen von Briefmarken oder Aperitifspießchen, die ihn vor den Blicken aller beschützten. Mitten unter ihnen befand sich seine Frau, seine Brigitte. Sie war also gar nicht bei ihrem Liebhaber. Sie liebte ihn also doch noch ein bißchen. Dies war nur ein undeutliches Gefühl, ein schwacher Schimmer, und trotzdem vernahm er das süße Echo der Hoffnung. Sie liebte ihn noch … Sein Geburtstag war ihr wichtiger als die fleischliche Betätigung mit einem anderen. Dann war es vielleicht doch nicht so sinnlos, eines Tages geboren worden zu sein und diesen Tag zu feiern. Sie liebte ihn … Auf diesem Fleckchen Liebe, das verblieb, wollte er künftig wie ein Gestrandeter auf einer einsamen Insel leben.

Mireille, seine Mutter, kam auf ihn zu und wollte wissen, was ihr Liebling denn habe. Da mußte sich erst die ganze Welt zusammenfinden, daß seine Mutter ihn Liebling nannte. Diese brutale Rückkehr in die Wirklichkeit hatte zur Folge, daß er die Flucht antrat. Er lief die Stufen hinunter, doch nicht alle. Anders ausgedrückt, er verfehlte eine und fand sich nach einem ziemlich spektakulären Überschlag auf dem Treppenabsatz eines Nachbarn wieder. Unfähig aufzustehen, fühlte er sich wie ein von einem angetrunkenen Jäger angeschossenes Wildschwein. Brigitte, die an seine Seite geeilt war, schloß ihn in die Arme, um ihn zu beruhigen. Hector zitterte. Er hatte sich zwar nichts gebrochen, aber der Überschlag, vor dem Hintergrund aller an diesem Tag erlebten Enttäuschungen, hatte ihm den Rest gegeben. Dieser Tag, der ihm langsam etwas lang vorkam. «Beruhige dich, mein Herz, ich bin ja bei dir …» Und sehr aufmerksam im schmerzverzerrten Gesicht ihres Mannes lesend, fügte sie hinzu: «Ja, ich werde ihnen sagen, daß sie gehen sollen.»

Daraufhin verließen die Gäste den gescheiterten Geburtstag.

Zurück in ihrer Wohnung, half sie ihm, sich aufs Bett zu legen. Sie so schön zu finden bereitete ihm solch körperliche Pein, daß seine anderen Schmerzen über diesen sinnlosen Überschuß schimpften. Sie zog ihn aus und strich mit einem warmen Schwamm über die geröteten Stellen seines Körpers. Weil sie nicht wußte, wo sie beginnen sollte, wagte sie es nicht so recht, ihn zu fragen, was mit ihm passiert war. Sie verstand auch nicht, warum er versuchte, sie anzulächeln. Er war unendlich glücklich, daß sie sich um ihn kümmerte. Natürlich mußte sie ihn lieben, wenn sie so zärtlich war. Sie küßte ihn sogar auf eine Wunde, in der seltsamen Hoffnung, daß ihr säurehaltiger Speichel die Wirkung einer sofortigen Desinfektion haben würde. Ihre Lippen sogen auch das Gift des Unverständnisses auf. Mußte sie wirklich versuchen, es zu begreifen? Hector jedenfalls konnte nicht sprechen. Brigitte, ja, sie mußte das Wort ergreifen.

«Hat dein Zustand etwas mit dem Video zu tun? … Ich verstehe nicht, warum du mir nichts gesagt hast … Ich habe die ganze Woche darauf gewartet, daß du mit mir darüber sprichst … Die Szene war gestellt! Ein Fake! Du siehst den Mann doch von hinten, wir tun nur so als ob. An dem Tag, als du verreist bist, habe ich die Kamera gefunden … Ich wußte nicht, was ich machen sollte. Ich wollte dich anrufen und mir das alles von dir erklären lassen. Ich habe mich gefragt, ob du verrückt bist. Und dann kam mir die Idee, mich zu rächen, indem ich einen Ehebruch vortäuschte … Und du hast nichts gesagt! Eine ganze Woche lang hast du nichts gesagt … Du hast geglaubt, ich würde dich betrügen, und bist stumm geblieben … Ich kann gar nicht mehr glauben, daß du mich liebst …»

Brigitte hatte demnach keinen Geschlechtsverkehr in ihrem gemeinsamen Wohnzimmer gehabt. Es handelte sich vielmehr um einen Akt der Revanche. Sie hatte ihn praktisch eine Woche nachsitzen lassen. Hectors Lächeln verzog sich zum Spagat. Die Langsamkeit seines Verstands hatte es ihm noch nicht ermöglicht zu begreifen, daß er es jetzt sein müßte, der Rechenschaft abzulegen hatte, daß er erklären müßte, warum er die Frau seines Lebens heimlich gefilmt hatte.

«Wieso hast du mich gefilmt?»

Tränen, die sie nicht unterdrücken konnte, ertränkten die Frage. Sie schwamm in Unverständnis. Hector versuchte, sie durch seinen Blick zu besänftigen, ihr zu sagen, wie sehr er sie liebte. Er hätte sie durch seine Liebe in die Ewigkeit emporheben mögen. Und in diesen aller Wirklichkeit entrückten Sphären mußte er über eine Antwort nachdenken. Hatte er eine Wahl? Durfte er etwas anderes tun, als ihr die Wahrheit sagen? Wenn sie ihn wirklich liebte, würde sie es doch verstehen können. Verläßt man einen Mann, der einem gesteht, daß er mehr als alles andere die Art liebt, wie man Fenster putzt? Dies war eine Aussage wie jede andere, eine charakteristische Verheerung der Sinnlichkeit. Frauen lieben doch Männer, die im Abseits stehen, die originell sind, oder? Obwohl man letztlich, wollte man wirklich wissen, was Frauen lieben, mindestens zwei kennen mußte, dachte Hector. Er stand auf, nahm Brigittes Hand, diese Hand, die er gesehen hatte, noch bevor er ihr Gesicht sah: Die Frau seines Lebens trifft man häufig vor Büchern. Sie gingen ins Wohnzimmer, und der Mann zeigte mit dem Finger auf das Fenster, und die Frau verharrte angesichts des Fensters in tiefstem Unverständnis. Bis zu dem Augenblick, als er alles auflöste:

«Ich wollte dich beim Fensterputzen filmen.»

Vierter Teil

Eine Art Sinnlichkeit

1.

*I*n der Überzeugung, daß niemand ihn jemals wiedersehen wollte, schickte Hector sich an, das einsame Schicksal eines Sommerregens zu leben. Man hatte kein Recht, die Überraschungen zu boykottieren, die andere sich für uns ausgedacht hatten. Brigitte beruhigte ihn, darauf verstand sie sich. Sie hatte Familie und Freunde angerufen, um ihnen die Gründe für Hectors panikartige Flucht zu erklären. Sie hatte sich einen Ausrutscher auf nasser Straße einfallen lassen (ein betonstarkes Alibi). Das mußte man doch verstehen, oder nicht? Wer hätte denn nicht ebenso gehandelt? Nur Gérard hatte, zwangsläufig, ein bißchen an dieser Version gezweifelt, aber weil er oft nicht verstand, was man ihm erzählte, bemerkte seine Schwester seinen Zweifel nicht. Für den Augenblick galt es, das Gesicht zu wahren, den anderen zu erzählen, daß das schon wieder werden würde, daß Ausrutscher in unseren Gesellschaften an der Tagesordnung wären. Sie zwang sich sogar zu lachen. Frauen schaffen es immer, noch die Kurve zu kriegen, auch wenn ihre Männer chronisch vom Kurs abkommen. Jetzt, wo sie die Fragen der anderen abgewehrt hatte, stand sie ihrer eigenen Frage gegenüber. Einer kolossalen, allumfassenden Frage, einer Frage ohne das leiseste Echo in der Geschichte der Fragen. Wie soll man einem Mann begegnen, der einen heimlich dabei filmt, wie man Fenster putzt? Nach der anfänglichen Verärgerung konnte sie ihn nur noch für krank halten. Und man überläßt Kranke nicht einfach ihrem Schicksal, vor allem die nicht, die man krankhaft liebt. Denn sie liebte ihn, daran bestand keinerlei Zweifel. Mehrere Tage hatten sie sich nun schon in ihrer Wohnung eingeschlossen. Sie hatte Krankenschwester gespielt. Er hätte am liebsten gewollt, daß diese Krankheit noch anhielte, um das Gefühl zu verewigen, sich in die Hand seiner Liebsten zu kuscheln. Die Krankheit machte aus ihm ein Objekt. Er fühlte sich besetzt wie ein Land nach der Kapitulation, in keiner Weise mehr verantwortlich für seinen Körper. Als Paar verschmolzen sie in der Stille dieser Tage. Diese Phase war ganz sicher notwendig, bevor sie sich aussprachen und über ihre Zukunft nachdachten. Die Stille striegelte das Offenkundige ihrer Liebe. Ohne Worte waren alle Bewegungen von einer besonderen Zärtlichkeit. Die Hände sprachen miteinander wie chinesische Schattenspielfiguren, man führte zärtliche Anträge auf. In diesen Augenblicken streifte man die Euphorie. Eine Art Ekstase primitiver Tiere. Zuletzt verzog Hector immer wieder sein Gesicht, um glauben zu machen, daß er immer noch Schmerzen habe. Er ergab sich dem verrückten Traum eines Lebens, frei von Worten, Menschen und Dingen. – Eines Lebens in der Betrachtung seiner Frau.

II.

*D*ieses Eremitendasein konnten sie nicht ewig leben. Brigitte wollte und sollte wissen. Warum er sie gefilmt, und vor allem, warum er nichts gesagt hatte. Zwei Warums, deren Antwort ihrer beider Zukunft zeichnen würde. Hector war im Erklären ziemlich schlecht. Über sich zu sprechen beängstigte ihn. Er hatte Furcht, daß sie ihn nicht verstehen und sich in ein Flugzeug setzen könnte, um das Land zu verlassen, um sich unwiederbringlich von ihm zu entfernen. Das erste Wort, das sich in seinem Mund formte, war das Wort «Rückfall». Langsam gelang es ihm, seine Sammlervergangenheit wieder wachzurufen, seine Niederlage dank Nixon, die Lüge über die Reise in die Vereinigten Staaten. Kurz gesagt, er blätterte sein Leben durch wie einen Roman. Und schließlich räumte er ein, daß er die Augenblicke hatte sammeln wollen, in denen sie Fenster putzte. Das wäre seine neue Sammlung, die absurdeste, die verrückteste, die Sammlung, die sein geordnetes Leben verpfuschte – und trotzdem fing sein Herz an zu pochen, als er dieses Leben verfluchte. Noch nie war er so glücklich mit einer Sammlung gewesen wie mit dieser, deren Mittelpunkt seine Frau war. In vollem Bewußtsein über das Drama, das sich hier abspielte, war er nicht bereit, die sinnliche Kraft dieser Augenblicke zu relativieren. Brigitte zögerte eine Sekunde, ob sie sich geschmeichelt fühlen sollte, bevor sie die Lächerlichkeit eines derartigen Gedankens einräumte. Ihr Mann war krank. Dennoch – nur wenige Frauen waren imstande, ihre Männer allein dadurch zum Wahnsinn zu treiben, daß sie Fenster putzten … Und je unglaublicher sie fand, was sie hörte, um so fester wußte sie, daß sie ihn nicht verlassen würde.

Hector schluchzte. Sein Leben war eine einzige lange Krankheit. Schuldig, auf eine so gräßliche Weise rückfällig geworden zu sein, lag es an ihm, seinen Teil der Verantwortung zu übernehmen (bei dieser Ausdrucksweise wurde ihm übel) und wegzugehen. Er hatte nicht das Recht, ihre Liebe zu zerstören. Bis zu dieser schrecklichen Sammlung hatte er niemals einen Menschen in seine Krankheit hineingezogen. Brigitte war die Gelenkstelle. Ohne sie existierte die Sammlung nicht. Diese Gleichung war von seltener Perversion. In einer dramatischen Allüre suchte er seinen Koffer. «Ich muß gehen!» schrie er und erhob seine Faust. Man hätte ihn für einen Schauspieler bei einem Casting für ein Double halten können. Die auf derart ostentative Weise meinen gehen zu müssen, gehen niemals. Seine Frau begann, über seine Einlage und über die Absonderlichkeit ihrer Beziehung zu lachen. In ihrer Jugend, wo Klischees das Sagen hatten, hatte sie von einem Leben mit einem starken Mann geträumt, der sie beschützte. Gemeinsam hatten sie Kinder. Einen fußballvernarrten Jungen und ein schlecht Klavier spielendes Mädchen. Nie hatte sie von einem Ehemann geträumt, dem bei der Art, wie sie die Fenster putzt, der Speichel aus dem Mund troff. Trotzdem liebte sie diese Vorstellung mehr als alles andere: Keine einzige Sekunde ihres Lebens verströmte den modrigen Geruch des Klischees.

«Stell den Koffer hin!»

Hector gehorchte, noch bevor der Satz zu Ende gesprochen war. Sie legte einen Finger auf den Mund ihres Mannes, ein wohlbekanntes Zeichen dafür, daß man schweigen soll. Sie nahm ihn bei der Hand und machte den Vorschlag, ins Wohnzimmer zu gehen. Langsam gingen sie durch den Flur. Und in dem Zimmer, in dem sich die Szene zum erstenmal ereignet hatte, sagte sie mit einer verführerischen Lolita-Stimme:

«Du magst es also, wenn ich Fenster putze?»

Er bewegte seinen Kopf von oben nach unten. Sie fuhr fort:

«Weißt du, mein Herz … Jedes Paar hat seine eigenen Phantasien und Marotten. Und um es dir ganz ehrlich zu sagen: Das hier ist mir lieber, als wenn du mich in einen Swingerclub schleppen würdest … Außerdem ist es ziemlich praktisch, weil es mir erlaubt, regelmäßig die Fenster zu putzen … Nein, ich sehe darin nichts Störendes oder Irritierendes, ich finde sogar, daß wir ein relativ unauffälliges Paar sind. Und da ich deine Frau bin, die du liebst, ist es meine Pflicht, deine Phantasien wahr zu machen …»

Daraufhin stieg sie auf die für diesen Zweck meisterhaft plazierte Trittleiter. Hector, der mit dem Wort «Phantasie» nicht einverstanden war (es handelte sich bei ihm um nicht zu unterdrückende, pathologische Triebe, wohingegen man Phantasien auch beiseite schieben konnte), hatte kaum mehr die Möglichkeit, Laute zu erzeugen, denn sobald die Putzbewegung einsetzte, wurde seine Kehle staubtrocken. In diesem neuesten Opus lag eine erhabene Besonderheit, die in diesem Augenblick die höchsten Höhen seiner bisherigen Sammlung erklomm: Diese Besonderheit lag in der klar und deutlich ausgesprochenen Ankündigung des Augenblicks. Seine Frau hatte ihm geradewegs in die Augen geblickt, um ihm zu sagen: «Ich werde die Fenster für dich putzen ...» Ganz ohne Frage gehörte der vorliegende Fensterputz zu den Meisterwerken seiner Sammlung. Ja, das war die Apotheose. Und er war sich der wichtigsten Zutat bewußt, die, mehr noch als die Ankündigung, die Lust zur Vollendung brachte: Es war die Abwesenheit von Schuldgefühlen. Zum ersten Mal freute er sich seiner sinnlichen Faszination bei vollem Tageslicht. Er mußte sich nicht mehr ins Dunkel seiner Eigentümlichkeiten verkriechen.

Nachdem auch der letzte Schmutz beseitigt war, stieg Brigitte wieder zu ihrem Mann herunter. Hector wußte nicht, wie er ihr danken sollte. Brigitte schnitt ihm das Wort ab:

«Du brauchst dich nicht zu bedanken. Wie gesagt, das ist normal bei einem Paar. Und wenn du willst, daß wir als Paar funktionieren, dann mußt auch du meine Phantasien wahr machen ...»

Hectors Verstand ließ diese Worte einen Augenblick wirken. Er hatte nie daran gedacht, daß seine Frau Phantasien haben könnte. Brigitte war dafür viel zu rein … Oder aber ihre Phantasie bestand darin, das Licht anzuschalten, während sie sich liebten, was sie einmal getan hatte, einfach so. Das Licht anzuschalten, nur um etwas Verrücktes zu tun. Das mußte sie sein, ihre Phantasie. Brigitte, so süß, so sanft, Brigitte mit den göttlichen Waden, Brigitte, die sich seinem Ohr näherte, um ihm ihre Phantasie zu enthüllen.

Hector gelang es umzufallen, obwohl er gesessen hatte.

III.

*H*ector schätzte eine bisher unterbewertete Eigenschaft seiner Frau: ihr Verständnis für die Situation. Sie sorgte für Ausgewogenheit. Sie verwandelte sich in eine sinnliche Animateurin, um ihre Beziehung zu retten. Indem sie diese in ein Gleichgewicht brachte, glättete sie die Unterschiede zwischen ihnen und machte ihrer beider Grenze durchlässig. Brigitte hatte ein unendliches Reservoir an Mitgefühl. Wenn Mitgefühl plötzlich lebenswichtig würde, um Autos zum Rollen zu bringen, dann würden die Vereinigten Staaten sie auf der Stelle angreifen. Sie küßte Hector im Halbdunkel, ihre Umarmungen wurden immer weniger sexuell. Sie liebten sich still in ihrer Zurückgezogenheit. Verharrten so lange wie möglich umschlungen. Auf seine Bitte hin würde sie die Fenster putzen.

Derart würde ihr Leben aussehen.

Es war noch zu früh, um die Familie und die

Freunde wiederzusehen (sie hatten eine Reise in die Vereinigten Staaten vorgetäuscht, um ihre soziale Abstinenz nicht erklären zu müssen) ... Sie beschlossen, die Wohnung neu zu streichen, und pinselten mehr oder weniger absichtlich über die Ränder hinweg. Innerhalb weniger Tage waren beide weiß. Weiße Liebende vor weißem Hintergrund.

Ihre Liebe war moderne Kunst.

Natürlich war nicht alles so rosig. Ein Leben zu zweit, mit gelegentlichem Fensterputzen als einziger Beschäftigung, war monoton. Ein Kind zu zeugen hätte sie ausfüllen können, doch bis das erst mal da wäre –. Sie hätten es gern sofort gehabt. Um die Wahrheit zu sagen, sie befanden sich in einer Phase des Wiederaufbaus, und in diesen sensiblen Momenten konnte man gar nichts vorhersagen. Alle anderen Sammlungen seines Lebens hatten von einem Tag auf den anderen ihr Ende gefunden, doch diese jüngste schien mit einer mythischen Ungezwungenheit ausgestattet zu sein. Er bekam gar nicht genug davon, Brigitte Fenster putzen zu sehen. Es war immer dieselbe Handlung und doch jedesmal eine ganz andere. Die Starre des Handgelenks, das leise Seufzen zwischen ihren Lippen; je nach Tag oder Jahreszeit wurden die Fenster ja auf verschiedene Weise geputzt. Seine Sammlung war reich wie keine andere davor. Manchmal würzte der Regen den Augenblick, der Sturm wiederum machte das Fensterputzen zu einer äußerst delikaten Angelegenheit. Doch war die Erregung erst einmal vorbei, fielen sie wieder in das ganze Ausmaß ihres Unbehagens zurück. Bis zum nächsten Mal, bis zum nächsten Verlangen. Hector fand wieder in den Zustand zurück, den er sein ganzes Sammelleben lang gekannt hatte, den der ständigen Angst, die berauscht ist von der diktatorischen Macht der Sucht.

Brigitte mußte das Haus verlassen, um einzukaufen; sie mußten schließlich etwas essen. In den Gängen der Supermärkte war sie eine Frau ohne Alter. Ein junger Bursche baggerte sie an der Obst- und Gemüsetheke an, sie war eine begehrenswerte Frau. Wie viele Hände würden einen Augenblick lang davon träumen, in ihren Ausschnitt zu greifen und an ihre Brust zu fassen, um dort ihre Finger zu vergessen. Dieser Supermarktcasanova machte ihr den Vorschlag, sie auf ein Gläschen einzuladen, sie also in einem runtergekommenen Motel flachzulegen. Sie stellte sich ihre gespreizten Schenkel vor, ganz fraglos würde sie dabei Vergnügen empfinden, einfach so, rein zufällig. Einige zielen mit Glück. Und dann, nichts mehr, sie würden nicht über Literatur reden. Und wenn er die Vorhänge zurückzöge, würden ihm die in allen Motels ausnahmslos schmutzigen Fenster nichts ausmachen. Der bloße Gedanke langweilte sie. Sie wollte Fenster putzen.

Auch Hector verließ das Haus. Er liebte die Linie sechs der Metro. Es gab so viele luftige Augenblicke während der Fahrt. Er fand, daß die Fenster der Waggons schmutzig waren. Als er sich vorstellte, seine Frau würde sie putzen, rief er sich ins Gedächtnis zurück, wie ungeheuer peinlich es war, eine Erektion an einem öffentlichen Ort zu haben. Hier gab es Unzähliges, was einen erfreuen konnte (in gewisser Weise war es eine Rückkehr ins Leben). Nichtsdestoweniger verspürte er in den Gängen Hitzewallungen. Er hatte den Eindruck, er selbst würde zur Metro, die sich von den schwarzen Löchern verschlucken ließ. Hector stieg an der nächsten Haltestelle aus. Der Zufall wollte es, daß dieser Halt «Montparnasse-Bienvenüe» hieß. Ohne das kleine Wort «bienvenue», hätte er seinem Leben ganz sicher ein Ende gesetzt. Diese Haltestelle aber war menschlich, einer der wenigen unterirdischen Orte, wo man, angesichts seiner Leere, keine Angst hatte, sich anrempeln zu lassen.

IV.

*L*angsam begann ihr Leben wieder aufzuleben. Sie versuchten, über die Wendung ihrer Geschichte zu lachen. Man putzte kurz die Fenster und legte sich danach hin. Hector fand wieder zur würdevollen Haltung eines semimodernen Mannes zurück. Ihre Rückkehr von der Reise hatten sie schon offiziell angekündigt, alles würde in heiterer Klarheit neu beginnen. Nun endlich würden sie auch Brigittes seltsame Phantasie zum Leben erwecken. Das hatten sie vorher nicht tun können, weil diese Phantasie erforderte, zu Freunden eingeladen zu werden. Sie hatten Marcel und Laurence ausgewählt (hatten sie überhaupt andere Freunde?).

Marcel öffnete, im Rahmen dessen, was die Ausmaße der Wände zuließen, so weit wie möglich seine Arme. Laurence, quirlig wie immer, empfing das Paar wie ein Wirbelwind, weil sie noch in der Küche beschäftigt war (ein Braten). Hector war verlegen und hegte bereits die schlimmsten Befürchtungen für den Abend. Doch seine Frau bot ihm so viele Fensterputze an, daß er gar keine Wahl hatte. Brigitte schien unversehens pervers geworden zu sein, auf ihrem Gesicht konnte man von Zeit zu Zeit sogar das Lächeln eines Flittchens wahrnehmen. Man hatte das Gefühl, daß dieses Schauspiel für sie nicht das erste seiner Art war, und ihrer selbst sicher, blieb ihr sogar noch die Zeit, ihrem Gatten die Nervosität zu nehmen. Dazu hatte sie keine andere Alternative als die folgende: Während die beiden Paare langsam einen marcellinischen Punsch schlürften, geriet sie über die ach so schöne Wohnung in Ekstase. Und auch wenn Laurence eine Spitzensportlerin war, blieb sie für Komplimente, die ihre Art, eine Wohnung einzurichten, betrafen, empfänglich. Sie war stolz, daß eine Frau sie dafür respektierte. Doch dieses Gefühl wurde von einer anderen Feststellung Brigittes schnell wieder vertrieben:

«Allerdings muß ich anmerken, wenn ich mir das erlauben darf, daß eure Fenster alles andere als sauber sind.»

Hector spuckte seinen Punsch aus. Marcel fing an zu lachen, aber nur bis zu dem Augenblick, in dem er Laurencens Blick kreuzte. Nachdem sie über die Komplimente, die ihre Einrichtung betrafen, nahezu entzückt gewesen war, traf sie die Bemerkung über ihre Fenster wie ein Schlag ins Gesicht. Sie stammelte, daß, ja, ihr tatsächlich die Zeit gefehlt habe ... ja, sie habe es vernachlässigt ... Kurzum, sie bat um Entschuldigung. Brigitte sagte ihr, daß das überhaupt nicht schlimm sei, und entschuldigte sich für ihre Offenheit, aber das gehöre doch zu einer Freundschaft, die Offenheit, oder? Von ihrer Kühnheit angestachelt, stand Brigitte auf und ging zum Fenster.

«Wenn's euch nichts ausmacht, wische ich schnell mal drüber, dann ist dieses Wohnzimmer perfekt ...»

«Du bist wohl wahnsinnig!» sprang Laurence auf. «Das ist meine Aufgabe! Wir sind hier schließlich bei mir!»

In einer plötzlichen Regung, die er nicht unterdrücken konnte, schrie Hector: «Nein, laß Brigitte die Fenster putzen!» Dann, als ihm die Eigentümlichkeit seines Vorschlags bewußt wurde und auch die entflammte Art, wie er ihn vorgebracht hatte, fuhr er kleinlaut fort: « Ja ... ähm ... sie mag das ... Fensterputzen ... Also, es ist einfach nur, daß es ihr nichts ausmacht ... Ihr müßt wissen ...»

Was Laurence und Marcel wußten, war, daß sie zum Abendessen ein paar Bekloppte eingeladen hatten.

Brigittes Coup war absolut geglückt. Hector war sofort erregt und seinerseits bereit, die Phantasie seiner Frau wahr zu machen. Doch als sie sich wieder umdrehte, fand sie sich drei unbeweglichen Gesichtern gegenüber. Marcel und Laurence stierten sie geradezu an. Es war seltsam, daß ihr Verhalten eine derartige Wirkung bei ihren Gastgebern hervorrief. Gut, es war nicht allzu verbreitet, die Sauberkeit einer Wohnung zu kritisieren, in der man zu Gast ist; noch weniger, dagegen selbst Abhilfe zu schaffen. Aber es war doch nur ein Spiel, kein Grund, gleich wie versteinert dazusitzen. Da niemand etwas sagte, fühlte sie sich verpflichtet, sich zu rechtfertigen: «Aber das war doch nur Spaß!» Auf der Stelle wurden Marcel und Laurence wieder heiter und kehrten in die Wirklichkeit zurück, ohne viel darüber zu wissen, was mit ihnen eigentlich passiert war. Sie fingen an zu lachen und meinten, Brigittes Humor zu verstehen. Man ging zu Tisch.

Hector hatte keinen großen Hunger mehr. Seine Frau hatte ihn erregt, dem aber nichts folgen lassen. Man mußte zu Abend essen, während er noch bei diesem unvollendeten, viel zu schnell vonstatten gegangenen Fensterputzen war. Glücklicherweise verstand man sich auf gesellschaftlicher Ebene. Das Gespräch beim Abendessen führte einen kurzen Augenblick in die Vereinigten Staaten, ein Thema, das sie mechanisch abspulten, wie in den guten alten Zeiten ihrer Mythomanie. Und als der Braten fast fertig war, rief Laurence, getreu dem Ritual, Hector in die Küche. Hörbar seufzend stand er auf, ganz in sein Schicksal ergeben, sich an die Hoden fassen lassen zu müssen. Wie gewohnt. Mehr und mehr erregt, kam er diesmal jedoch Laurence zuvor und legte seine Hand auf ihre Brust. Schockiert und empört ohrfeigte sie ihn an Ort und Stelle: «Hast du noch alle Tassen im

Schrank? Du dreckiges Schwein!» Er sagte nichts und schnappte sich den Braten. Während er ihn noch ganz verdutzt zum Tisch trug, konnte er nicht fassen, was er gerade herausgefunden hatte: Die Nymphomanie war eine Einbahnstraße.

Brigitte hatte die Fenster geputzt, der kochendheiße Hector hatte sich eine saftige Ohrfeige eingefangen – dieses Abendessen schien sehr vielversprechend. Und die Phantasie war noch keineswegs auf dem Vormarsch. Die Phantasie schlummerte nah beim Dessert. Vorher mußte der etwas zu trockene Braten noch verdaut werden. Doch mit dem, was beim Aperitif gesagt worden war, stand es außer Frage, auch nur irgend etwas zu kritisieren. Alles war köstlich, aber könnte man denn zum zwölften Mal an diesem Abend noch ein bißchen Wasser haben? «Findet ihr ihn zu trocken?» fragte Laurence beunruhigt. «Aber kein bißchen», antworteten die trockenen Kehlen im Chor. Diesen Braten hätte man in einen ganzen Ozean von Sauce tunken müssen, bevor man ihn aß. Das erbärmliche Abendessen erreichte seinen traurigen Höhepunkt mit einer *Île flottante* als Dessert. Diese sogenannte Insel kämpfte dagegen an, nicht unterzugehen, und Marcel, durchaus mit Wortwitz gesegnet, taufte das Ding um in *Titanic flottant*.

Brigitte zögerte. Sie war sich nicht mehr so sicher, ob sie ihre Phantasie ausleben wollte. Vor allem zweifelte sie, ob ihre sinnliche Lust nur eine Antwort auf das Fensterputzen war. Ihrer Meinung nach eine abwechslungsreiche Weise, ihre Paarbeziehung auszutarieren. Während sie all diese erotischen Augenblicke im Halbdunkel ihres jungfräulichen Jugendzimmers Revue passieren ließ, diese Augenblicke, in denen sie sich noch unwissend berührt hatte, kamen ihr sonderbare Bilder in den Sinn. Sie hatte an einen Mann gedacht, der sie liebte, einen Mann, der aus Liebe zu ihr fähig wäre ... Nein, das war doch nicht möglich, daß ihr so etwas durch den Kopf hatte gehen können ... Jeder hatte seine eigenen Phantasien, sagte sie sich ein weiteres Mal und trank noch etwas von diesem glücklicherweise enthemmenden Punsch. Mit zunehmendem Rausch gewann sie an Selbstsicherheit, und ihr stärker werdendes Begehren quälte sich wenigstens dieses eine Mal nicht in Frustration ...

Sie gab Hector ein Zeichen.

So.

So kam es, daß er unverzüglich aufstand und begann, sich auszuziehen.

In Voraussicht auf das, was vorauszusehen war, hatte er ein einfaches Hemd und eine gürtellose Hose angezogen. Auf diese Weise war er innerhalb weniger Sekunden nackt. Schrecklich verlegen warf er Marcel einen freundschaftlichen Blick zu. Und der war nicht allzu überrascht, er hatte ja Hectors vertrauliches Geständnis über das Fensterputzen hören dürfen. Laurence dagegen kehrte die Prüde heraus, indem sie ihre Augen bedeckte. Hectors Geschlechtsorgan war ziemlich kurz und wenig platzraubend. Brigitte wurde immer erregter bei der Vorstellung, daß ihr Mann im Mittelpunkt der Blicke stand (Laurence hatte doch noch ihre Hände weggenommen, um Hectors Anatomie inspizieren zu können).

«Darf man erfahren, was du hier treibst?» fragte Marcel.

«Nichts ... Ich wollte einfach nur mal eure Meinung über mein Geschlechtsteil hören. Nur Freunden gegenüber kann ich mir erlauben, das zu fragen. Es ist mir zwar sehr peinlich, aber es wäre mir lieb, wenn ihr offen wärt ...»

«Das kommt jetzt etwas überraschend ...»

«Ihr könnt ruhig ehrlich sein ... Findet ihr ihn zu klein?»

«Aber nein, das ist es nicht», versicherte Marcel. «Es ist nur, daß wir nicht sehr viele Vergleichsmöglichkeiten haben. Ich selbst habe, außer meinem eigenen, nicht viele andere gesehen ... Und Laurence, ich glaube nicht, daß sie vor mir mehr als zwei gesehen hat ...»

Laurence hätte fast losgeprustet. Dann sagte sie entnervt:

«Ich finde dieses ganze Verhalten unpassend! Du kommst zu uns zum Abendessen, wir sind hier kein Swingerclub! Aber wenn du es so genau wissen willst: Dein Geschlecht ist absolutes Mittelmaß, nicht mehr und nicht weniger ... Es ist völlig unspektakulär, hat keinerlei Besonderheit ... Es zeigt allerdings schon ein paar Alterserscheinungen, oberhalb des Vorhodenbereichs ... (*mit jäher Begeisterung*) Die Eichel ist, was das angeht, leicht dichotomisch ... Für mich sieht es so aus, als ob du vorzeitig ejakulierst ... Aber das ist nur eine Vermutung ... (*schreiend*) Jedenfalls bist du ein Sprinter! Darüber gibt's keinen Zweifel! Das ist der Schwanz eines Sprinters!»

Sie hielt jäh inne und betrachtete die entgeisterten Gesichter ihrer Tischgenossen. Doch sehr schnell wurde die Eigentümlichkeit des Augenblicks von der Eigentümlichkeit des Abends verschluckt. Man hatte nicht mehr ausreichend Energie, um sich bei Einzelheiten aufzuhalten (endlich ...).

Hector wartete gespannt auf ein Zeichen seiner Frau. Sie erlaubte ihm, sich wieder anzuziehen. Dann standen sie auf und empfahlen sich, nachdem sie sich warmherzig für diesen wunderbaren Abend bedankt hatten. Offen gesagt, nach ihrer überfallartigen Attacke war ein bißchen die Luft raus. Wie so oft, wenn erst einmal die Geschlechtsteile enthüllt worden sind, gab es nicht mehr so viel zu erzählen. Marcel und Laurence schrieben die plötzliche Überspanntheit ihrer Freunde deren kürzlicher Reise in die Vereinigten Staaten zu. Die Amerikaner sind uns einfach um zehn Jahre voraus, behauptete Marcel. Es würde mich nicht wundern, wenn die Männer ihr Ding bald nach jeder Mahlzeit auspacken.

Im kommenden Sommer würden sie wahrscheinlich nach Chicago reisen.

Brigittes Phantasie bestand also darin, daß Hector sein Geschlechtsteil vorzeigte. Genauer gesagt, ihre Phantasie bestand darin, daß der Schwanz ihres Mannes zum Diskussionsthema wurde und jeder ihn wie ein Insekt unter die Lupe nahm. Sie hatte das kleine verlegene Gesicht ihres herzallerliebsten Mannes geliebt. Er war so tapfer gewesen, daß sie die ganze Nacht Fenster putzen würde, wenn er es wollte. Sie hatten sich beide ihre Phantasie zum Leben erweckt. Sie waren endlich ein Paar wie jedes andere (zogen sie nun den Kauf eines Reihenhauses in der Vorstadt in Betracht?). Sie beschlossen, zu Fuß nach Hause zu gehen. Unter dem Mond gingen sie Hand in Hand und begegneten all den anderen Liebespaaren, die Hand in Hand an ihnen vorbeigingen. Paris ist eine tolle Stadt für all die, die sich auf so gewöhnliche Weise lieben. Mitternacht. Der Eiffelturm leuchtete präzise, hinter einer solchen Magie steckte immer ein Haufen Beamter. Und am Ufer der Seine war es, daß Hector die folgende Ahnung beschlich:

«War das wirklich deine Phantasie?»

Brigitte fing an zu lachen.

«Natürlich nicht! Meine Phantasien sind viel biederer … Meine Phantasien bestehen darin, Sex im Kino oder im Aufzug zu haben … Ich wollte nur einmal wissen, was du für mich zu tun bereit bist, aus Liebe … Immerhin werde ich mein ganzes Leben lang Fenster putzen, um dich zu erregen … mein kleiner Perversling! Und da wollte ich sehen, ob du es auch verdient hast … Und jetzt komm, ich glaube, unsere Fenster müßten mal wieder gesäubert werden ...»

V.

*A*lles war wie zur Zeit ihrer schönsten Tage. Hector wollte Brigitte zur Bibliothek bringen und den Fötus ihrer Liebe atmen. Vor dem *Atlas der USA* fanden ihre Hände ganz natürlich zueinander. Die Hände hatten zwar kein Gehirn, dafür aber eine Erinnerung an die Liebe. Am Eingang trennten sie sich, um eine zufällige Begegnung vor ihrem Buch zu inszenieren. Brigitte dachte an das Buch von Cortázar, in dem die Liebenden so lange durch die Straße gehen, bis sie sich – endlich – begegnen. Sie hatte es an ihrem achtzehnten Geburtstag gelesen, als sie bei einem etwas beleibteren Onkel im Urlaub war. Als sie an all diesen Studierenden vorübergingen, brachte sie die Erinnerung an ihre Jugend wieder zum Erblühen. Ihr Leben kam ihr surreal vor, und dennoch, als sie all diese steifen Nacken betrachtete, verstand sie, wie sehr sie dieses Leben liebte, das das Gewöhnliche durchdrang. Das Surreale war wie eine Zunge, die sie im Herzen kitzelte. Sie ging schneller, der Augenblick, bei dem man im Film mit der Kamera nah an die Heldin heranfährt. Nichts anderes gibt es dann mehr als die Bewegung der Beine. Musik verdirbt diese Szenen immer. Man müßte es verbieten, Musik zu spielen, wenn Frauen im Bild sind. Ihre Melodie ist die Stille.

Vor dem Buch fanden sie sich wieder und küßten sich vor den roten Einbänden.

Oft genügt es, ein wenig glücklich zu sein, um das Elend der anderen nicht mehr wahrzunehmen. Im vorliegenden Falle haben wir es eher mit dem Gegenteil zu tun. Seitdem er den Schmerz seines Bruders begriffen hatte, kam Ernest ihm wieder näher. Am Geburtstag hatte er dem Alibi vom Sturz auf der Straße nicht geglaubt (wie oft war er Zeuge gewesen, wenn sein kleiner Bruder wieder einmal vom rechten Weg abkam). Hector hatte ihm alles erzählt. Indem Brigitte ihn überzeugte, daß sie ein Paar wie jedes andere waren, hätte sie ihm das Schuldgefühl genommen. Er wäre jetzt in der Lage, ganz frei mit seiner Faszination fürs Fensterputzen umzugehen. Komische Phantasie, dachte Ernest. Hector präzisierte, daß es sich immer noch und immer wieder um seine Sammelsucht handele. Regelmäßig würde seine Frau seine Wünsche erfüllen, damit er überleben könne.

«Du bist der glücklichste Mann der Welt», rief Ernest begeistert.

Hector wirkte überrascht und fragte, ob Justine ihn denn sexuell nicht befriedige. Zum ersten Mal sprachen sie über solche Themen. Ernest begann zu stottern, als er über sich erzählen wollte. Das äußere Bild seines erfolgreichen Lebens verwandelte sich in eine undeutliche, verschwommene Masse. Er hatte es sich selbst nie zugestanden, Gegenstand eines Gesprächs zu sein. Offen gesagt, hatte er nie einen Menschen gefunden, der in der Lage gewesen wäre, die Rolle seines besten Freundes einzunehmen. Da drängte ihn sein wiedererblühter Bruder, die Beichte abzulegen.

Justine war nicht das Problem. Justine hatte einen Körper, der jeden jungen Mann und jeden alten, der sich für ewig jung hielt, zu Phantasien angeregt hätte. Sie war eine außergewöhnlich heißblütige Frau. Doch die Zeit hatte – in einer der klischeehaftesten Tragödien überhaupt – ihren erotischen Spielen das Feuer genommen. Ernest belog sich. Er wußte, daß weniger die Zeit ihre Finger im Spiel hatte, als mehr seine unwandelbare Liebe zu Frauen. Er hatte Justine mit Clarisse betrogen, und die Spuren ihrer Fingernägel hatten es nicht vermocht, ihrer Ehe ein Ende zu setzen. Hatten die Dinge vielleicht so kommen müssen? Aus Schwäche (die Ehe macht schwach), aus Angst vor einer Einsamkeit, die einen schnell ins Abseits befördert, hatten sie sich wieder zusammengefunden. Sie hatte ihm verziehen, was bedeutete, daß es ihr nicht gelungen war, sich ihr Leben ohne ihn vorzustellen. Dieser sexuelle Ausrutscher war der einzige, von dem sie je erfahren hatte. Sie blieb weiterhin der Überzeugung, daß diese Frau seine einzige Geliebte gewesen war. Sie täuschte sich. Ernest hatte nicht aufgehört, sich alle möglichen Geschichten auszudenken, um weiterzuleben wie vorher. Besessen von den Frauen, ihren Bewegungen und ihrer Anmut, erinnerte er sich nicht an einen Augenblick in seinem Leben, in dem eine Frau, unbekannt oder fast unbekannt, ihn nicht mit einem Zauber belegt hätte. Während seiner Mittagspausen passierte es, daß er durch die Straßen ging, nur um sich Frauen anzusehen. Diese Open-air-Tyrannei machte aus ihm einen Sklaven, der in der Diktatur der Sinnlichkeit gefangen saß.

Warum erzählte er ihm das alles? Hector fand diese Geschichte ziemlich gewöhnlich. Er dachte, daß eine Leidenschaft dieser Art nichts Pathologisches an sich hatte, daß viele Männer die Frauen auf eine exzessive, hysterische Art und Weise liebten. Er begriff nicht, daß Ernest ihn um seine unveränderliche Leidenschaft beneidete. Seine Leidenschaft fürs Fensterputzen war unglaublich monogam. Er liebte nicht nur ausschließlich seine Frau, sondern liebte darüber hinaus an ihr eine einzelne Handlung! Für alle Männer, die durch die pausenlose Bewegung von Stöckelschuhen erschöpft waren, mochte Hector wie ein Mythos der Erholung erscheinen. Was er selbst als pathologische Tyrannei verstand, war ein unbeflecktes Paradies. Ernest träumte davon, wie er Justine bis zum Wahnsinn liebte, wenn sie die Fenster putzte. Auch er wollte eine seßhafte sinnliche Faszination fühlen können.

Als er wieder allein war, überkam Hector ein Gefühl des Abscheus. Die Menschen, die wir bewundern, haben kein Recht, ihre Schwäche vor uns auszubreiten. Sein Bruder, der immer eine Bezugsperson für ihn gewesen war, hatte sich gerade verflüchtigt wie die Luft eines zerplatzten Ballons. Seine Frau hatte ihn von der Schuld freigesprochen, sein Bruder hatte ihn zum Mythos stilisiert, er, der das fünfte Rad an der Kutsche der Gesellschaft gewesen war, wurde unversehens zu einem gestandenen Mann. Bei diesem Tempo würde es nicht lange dauern, daß man ihn für charismatisch hielte. Ein gestandener Mann, dieser Ausdruck faszinierte ihn. Bald schon würde man ihn um Rat fragen, und er würde Antworten geben können. Er würde die Artikel über gesunde Ernährung im *Figaro* lesen und am Ende rechts wählen. Als er so seine Gedanken abschweifen ließ, tauchte plötzlich Gérard auf.

«Ist meine Schwester nicht da?»

«Nein, Brigitte ist nicht da.»

«Das trifft sich gut, ich wollte nämlich dich sehen.»

Früher hatte er nie unerwarteten Besuch bekommen.

Hector und sein Schwager hatten sich seit der berüchtigten Erpressungsgeschichte, die eine Folter nach sich gezogen hatte, nicht wiedergesehen. Diese Episode, versteht sich, war keinem anderen jemals bekannt geworden. Täter und Opfer (wer war hier wer?) vereinen sich oft im Schweigen. Sie bewahrten beide eine wunderbare Erinnerung an ihren sportlichen und außersportlichen Nachmittag auf. Sie schlossen sich in die Arme, ein ziemlich langer Augenblick an diesem Samstag. Gérard blickte aufmerksam in Hectors Gesicht und bewunderte, als echter Kenner, sein außergewöhnlich gutes Heilfleisch. Es gab praktisch keinerlei Hinweise mehr auf die Prügel. Das galt auch für die Zähne, denn zwei neue hatten jene beiden, die zertrümmert worden waren, durch das Charisma ihres Kalziums in die Vergessenheit gestoßen.

Hector bot einen Kaffee an oder ein anderes Getränk, das seine Gastfreundschaft unter Beweis stellen sollte. Gérard hatte in den letzten Wochen viel nachgedacht. Sein Kopf, der eine solche Tätigkeit nicht gewohnt war, entging nur knapp einer gefährlichen Überhitzung. Der

Gegenstand seiner Überlegungen: seine Lebenslüge. So konnte es nicht mehr weitergehen! Er hatte nicht das Recht, sich unaufrichtigerweise lieben und bewundern zu lassen. Vor der Erpressung seines Schwagers hatte er nämlich vergessen, daß es sich um ein reines Produkt seiner Mythomanie handelte. Weil er seine vermeintlichen Leistungen bis zum Überdruß wieder und wieder erzählte, war er selbst zu der Überzeugung gelangt, daß er das Rennen Ouarzazate-Casablanca gewonnen hatte. Wenn die ganze Welt das glaubte, mußte es notwendigerweise wahr sein. Und dann gab es da ja noch die Freunde aus der Fotomontage (die Nachbarn): Sie verwendeten schließlich auch das Foto als Beweis dafür, daß sie auf dem Podium des berühmten Radrennens gestanden hatten. Manchmal erinnerten sich die drei an das Rennen zurück und erfanden jedesmal noch abenteuerlichere Einzelheiten dazu. Wie konnte man unter solchen Umständen nicht daran glauben? Bis zu dem Tag, an dem Hector aufgetaucht war und den Mythos seines Lebens ins Wanken gebracht hatte. Nach seinem Aggressionsausbruch konnte er sich nicht mehr im Spiegel anschauen; spielte man doch nicht mit gezinkten Karten. Das war schließlich eine Frage des Selbstvertrauens. Er blieb überzeugt, daß ohne dieses Ereignis sein Leben in den Augen der anderen nichts wert war.

In den Augen der anderen.

Hector nahm diesen Ausdruck im Geist wieder auf. Alles kam ihm furchtbar einfach vor. Auch er hatte sein ganzes Leben lang wichtig erscheinen wollen, indem er sich, durch das Anhäufen der absurdesten Gegenstände, eine *materielle Identität* zulegen wollte. Großgezogen von einem Oberlippenbart und einer Suppe, waren die Vorzeichen schon alarmierend gewesen. Ouarzazate-Casablanca war eine Sammlung wie jede andere. Jeder fand Nahrung für Phantasien. Der von Schuldgefühlen befreite Hector erklärte Gérard, wie wichtig es war, daß er nichts sagte. Man mußte die Quellen seines Glücks annehmen und bewahren.

«Bist du glücklich, wenn du über dieses Rennen sprichst?»

Gérards leuchtendes Gesicht sprach Bände. Er hatte kein Recht, sich unter dem absurden Vorwand der Transparenz seiner größten Freude zu berauben. Denn das war seine Art, sich zu freuen: die Bewunderung, die er in den Augen derer hervorrief, die er liebte. Die Suche nach dem Licht im Dunkel mochte zwar gesund wirken, machte aber nicht notwendigerweise glücklich. Man durfte nicht versuchen, seine Lügen und seine Triebe zu vernichten. Sie zuzulassen reichte manchmal aus. Hector dachte wieder an seinen Bruder und daran, wie er unter der Diktatur der Frauen litt. Jetzt könnte er die richtigen Worte finden. Gérard beobachtete Hectors Gesicht. Nach einem Moment der Stille bekräftigte dieser, daß es vor allem nichts zu gestehen gebe. Das war der Rat dessen, der ihn hatte anzeigen wollen! Das war doch nicht mehr zu verstehen. Und das war ein Gefühl, das Gérard sehr vertraut war: nichts zu verstehen.

Von seinem Schwager überzeugt, atmete Gérard tief ein und beurteilte die zurückliegenden Wochen der Selbstbefragung als ziemlich absurd. Im Grunde wußte er genau, daß er niemals würde gestehen können. Wie im Fall Romand wäre er verpflichtet gewesen, seine Eltern nach dem Geständnis zu erschießen. Schließlich kam seine Schwester zurück. Er fand sie schön, aber er schaffte es nicht, daraus den Schluß zu ziehen, daß sie völlig aufblühte. Es stimmte, daß sie sich von Tag zu Tag besser fühlte. Brigitte stürzte sich auf ihren Bruder und war unendlich glücklich, ihn wiederzusehen. Sie betastete seine Muskeln und mutmaßte, daß sein kürzliches Verschwinden sicher mit einem ausgiebigen Trainingsprogramm für seine Spitzensportlerkondition zu tun hatte. Er antwortete, daß sie völlig recht habe, wobei er Hector einen diskreten Blick zuwarf. Der gab ihm ein Zeichen der Komplizenschaft. Wenn man mit einer gut geschmierten Lüge lebt, laufen die Dinge fast von allein. Die anderen verbringen ihre Zeit damit, so gute Hypothesen aufzustellen und mit so klugen Fragen zu kommen, daß der Lügner einfach nur noch ja oder nein sagen muß.

Als bewundernswert tüchtige Hausfrau war Brigitte niemals unvorbereitet, wenn jemand aus der Familie sich einlud. Es gab immer zwei oder drei Kleinigkeiten (koketter Ausdruck), die man schnell warm machen konnte. Man konnte sie dann in der Küche sogar lachen hören, allein und glücklich. Hat sie nicht einen leichten Hang zur Hysterie? fragte sich ihr Mann. Und dann dachte er an etwas anderes, um nicht der Lust aufs Fensterputzen zu verfallen, was vor Gérard ein bißchen peinlich gewesen wäre.

Das Telefon klingelte.

«Ich bin in der Küche, gehst du dran, mein Herz?»

Hector stand auf. Marcel war dran. Er war also nicht verärgert wegen des nudistischen Abendessens, was für eine Erleichterung! Hector hatte nach dem, was geschehen war, nicht gewagt anzurufen, er war zu verlegen, um die ganze Geschichte aufzuklären. Marcels Stimme klang unglaublich aufgedreht. Laurence stand dicht neben ihm, denn man konnte ihren schweren Atem hören ... Sie flüsterte: «Na, was sagt er?» Marcel hielt den Hörer zu, um Laurence zu antworten: «Nun warte doch mal, wie soll ich denn mit ihm reden, wenn du dich so an mich drückst! Laß mich doch erst mal für die richtige Atmosphäre sorgen!» War Marcel immer schon unglaublich nett mit Hector umgegangen, so schien die Unterhaltung, die sich hier ankündigte, all diese netten Momente zu überbieten. Man konnte ohne weiteres behaupten, daß Marcel seinem Freund die Füße küßte. Er sagte, daß es jetzt schon eine ganze Weile her sei, daß sie sich gesehen hätten, daß er ihn vermisse, daß man demnächst zu viert einen Ausflug machen müsse, daß man sich bald wieder zum Abendessen verabreden sollte (nicht die kleinste Anspielung auf die Exhibitionistennummer) usw. Am Ende fragte er, wie es Brigitte gehe, und holte tief Luft. Ja, wie geht es ihr? Hector gestand, daß er bei seiner Frau eine beginnende Hysterie wahrgenommen habe, und lachte. Marcel packte dieses Lachen beim Schopf und fing ebenfalls an zu lachen. Schließlich rückte er mit seiner Frage heraus: «Also, Laurence und ich, wir würden gern ... na ja, das kommt dir vielleicht komisch vor ... wir würden gern, daß Brigitte noch mal zum Fensterputzen zu uns kommt ...» Hector brach in schallendes Gelächter aus, es war unglaublich, so witzige Freunde zu haben. Und als er Brigitte aus der Küche kommen sah, legte er auf, weil das Essen auf dem Tisch stand.

Während des Essens fragte Brigitte, was sie denn gewollt hätten, und vor allem, ob sie wegen neulich abend nicht verstimmt seien.

«Sie sind nicht nur nicht verstimmt ... sondern Marcel hat mich gerade auch noch auf die Schippe genommen und mich gefragt, ob du nicht zu ihnen zum Fensterputzen kommen willst!»

«Ha, wie witzig! Sie wollen sich rächen ...»

Gérard verstand kein Wort von diesem Gespräch, also nahm er die Dinge wieder in die Hand und rief sich, was für ein Zufall, mal wieder Ouarzazate-Casablanca ins Gedächtnis.

VI.

Brigitte stattete ihren Eltern einen Besuch ab. Sie versuchte, sie einmal die Woche zu sehen. Wenn Hector nicht seine Mutter besuchte, begleitete er sie immer gern. Seine Schwiegereltern wären die idealen Eltern gewesen. Einfach, freundlich, aufmerksam; man konnte mit ihnen sogar über dies und das reden. In den letzten Monaten waren sie schrecklich gealtert. Vor allem der

Vater, der praktisch nicht mehr gehen konnte. Sein ganzes Leben lang hatte er es furchtbar genossen, die eheliche Wohnung zu verlassen, um mehr oder minder lange Spaziergänge zu machen. Er ging oft ins Café, um eine Zigarette zu rauchen oder Karten zu spielen und dabei dummes Zeug über Frauen zu erzählen. Ganz sicher war es seinen Ausflügen zu verdanken, daß seine Ehe überdauert hatte. Weil er nun aber nicht mehr gehen konnte, war das, was er am wenigsten ertrug, unzweifelhaft der tagtägliche Anblick seiner Frau. Das Alter engt den Lebensraum der Ehepaare ein. Am Ende liegt man aufeinander, als würde man sich auf das Familiengrab vorbereiten. In diesem Alter, wo man sich nicht mehr besonders viel zu sagen hat, muß man ja Banalitäten aneinanderreihen. Bei ihren Besuchen verwandelte Brigitte sich in eine Schiedsrichterin. Sie vergab die Punkte und versuchte gar nicht erst, ihre Eltern miteinander zu versöhnen. Ihr Vater sprach immer weniger. Sie litt darunter, daß sie keine Gesprächsthemen mehr fand, die ihn interessierten. Er wollte nie über die Vergangenheit reden. Übrigens auch nicht über die Gegenwart oder die Zukunft. Da sah sie ihn an, diesen alten Mann, der ihr Vater war. Die Haut in seinem Gesicht war faltig und so gerafft wie die Zeit, die ihm zum Leben blieb. Und während sie ihn so beobachtete, war sie alles andere als deprimiert, vielmehr dachte sie, daß man das Leben genießen mußte. Das Gesicht ihres Vaters, in all seinem Verfall, hatte ganz fraglos Einfluß auf ihre Haltung während ihrer Ehekrise gehabt.

Brigitte erschien im elterlichen Heim stets gut gelaunt. Und bevor ihr Vater in sein alltägliches Nichts zurücksank, seufzte er: «Ach, da ist ja meine Tochter!» Sie ging mit ihrer Mutter einkaufen und brachte immer kleine Geschenke mit, um die Wohnung aufzuheitern. Bei Brigittes letztem Besuch hatte ihre Mutter von ihrer beider Überlegung gesprochen, Frankreich zu verlassen, um in ein Altersheim in Toulon zu ziehen. Das würde es für sie und ihren Bruder natürlich entschieden komplizierter machen, sie besuchen zu kommen. Steckte dahinter nicht die Strategie, sich zu entfernen, die Suche nach der letzten Stufe auf der Treppe in den Tod? Sie wollte nicht zuviel darüber nachdenken, lieber blieb sie bei konkreten Dingen. Sie sprach wieder von Madame Lopez, der wunderbaren Haushaltshilfe, die ihre Mutter aus einem relativ nichtigen Grund entlassen hatte: «Sie macht nichts ordentlich!» Vielleicht war das eine Art, sich dafür zu bestrafen, daß sie es selber nicht mehr tun konnte. Brigitte regte sich auf und sagte, man müsse wirklich jemand anderen finden. Schließlich wollten sie doch nicht im Dreck verkommen? Sie fragte ihren Vater, was er davon halte. Es kümmerte ihn nicht die Bohne. Da hatte Brigitte keine andere Alternative, als selbst mit dem Staubsauger durch die Wohnung zu gehen und die Möbel abzustauben. Als sie feststellte, wie schmutzig die Fenster waren, wagte sie es nicht. Sie begann zu lachen, vor allem als sie an das Abendessen bei Marcel und Laurence dachte. Schließlich machte sie sich doch ans Werk; der Kontext war so grundlegend anders!

Als er sah, wie seine Tochter aktiv wurde, regte sich ihr Vater über ihre Mutter auf: «Nächste Woche rufst du Madame Lopez wieder an!» Das war genau das, was Brigitte wollte: wieder Leben in diese Wohnung bringen und dafür sorgen, daß ihr Vater sich wieder mit dem Alltäglichen beschäftigte. Sie putzte die Fenster derart gut, daß ihre Mutter ganz überrascht war ... Ihr kam der Ausdruck «Man könnte meinen, sie tut das jeden Tag» in den Sinn, ohne zu ahnen, wie recht sie damit hatte. Ihr Mann bat sie freundlich, etwas zu trinken zu bekommen. Es waren mindestens drei Jahrzehnte, die er seine griesgrämige Frau um nichts mehr *freundlich* gebeten hatte. Seine Kehle war auf der Stelle trocken geworden. Auch sie hatte Durst. Trotzdem war es ihr, als hätte sie fünf Minuten zuvor ein großes Glas Wasser getrunken.

Brigitte putzte zwei Minuten lang mit größter Effizienz die Fenster, dann drehte sie sich um. Was sie sah, erinnerte sie an Marcel und Laurence. Ihre Eltern saßen nach unendlich langer Zeit zum ersten Mal wieder nebeneinander. Vereint in der Betrachtung.

«Wie schön du bist, meine Tochter!» sagte die Mutter.

Der Vater fühlte sich peinlich berührt, belastet von einem ebenso süßen wie ungesunden Gefühl. Er konnte es sich nicht erlauben, ihr das zu gestehen – sie war schließlich seine angebetete Tochter –, aber es war ihm durchaus so, als habe er eine leichte Erregung gespürt. Sie hatte eine so sanfte Art, die Fenster zu putzen, eine so ... wie soll man sagen ... na ja ...

«Vielleicht brauchen wir ja doch nicht Madame Lopez anzurufen ... wenn es dir nicht zuviel ausmacht, mein Kleines, könntest du doch von Zeit zu Zeit bei uns die Fenster putzen ...»

Brigitte hatte in dem Ton ihres Vaters eine emotionale Zerbrechlichkeit wahrgenommen. Seine Fiebrigkeit war unglaublich bewegend. Brigitte willigte ein, es zu tun. Sie hatte ihr Einverständnis mit einem entzükkenden Schmollmund untermalt, so wie ein kleines Luder, dem man immer alles nachsieht. Nachdem sie die Fenster geputzt hatte, küßte sie ihre Eltern zärtlich. Sie spürte, daß etwas Merkwürdiges geschehen war. In diesem Augenblick hätte man glauben können, daß sie endlich glücklich werden würden. Ihr Vater machte eine Anstrengung, die ihm bis zu diesem Zeitpunkt immer unmenschlich vorgekommen war, indem er sich aus seinem Sessel erhob, um sich neben seine Frau zu stellen. Auf dem Treppenabsatz winkten sie ihr zum Abschied hinterher. Auf dem Weg nach Hause ließ Brigitte ihre süßen Gedanken in sich herumschweifen. Es war ihr – und das war eine fixe, anmaßende Idee –, als würde sie unversehens die Gabe besitzen, ihre Eltern am Leben zu erhalten.

VII.

Sie hatte etwas – wie soll man es nur sagen – unglaublich Erotisches an sich. Brigitte putzte die Fenster wie keine zweite. Nach der tiefen inneren Erregung, ihre Eltern in einem Nebelschleier des Glücks erlebt zu haben, ließ sie die Eigentümlichkeit dessen zu, was geschehen war. Nach ihrem süchtigen Mann und ihren Freunden, die wollten, daß sie noch einmal zu ihnen käme, war es das dritte Mal, daß sie eine Freude auslöste, die einem sinnlichen Genuß gleichkam, nur weil sie Fenster putzte. Ihr Vater hatte den gleichen Blick gehabt wie Hector. Sie hatte eine Scham empfunden, die sie gleich wieder verjagte: Ihr dämmerte, daß sie die einzig Verantwortliche für die flüchtige Faszination war, die sie hervorrief. Jeder Mensch mußte ein fabulöses erotisches Potential besitzen, doch selten waren die, die in der Lage waren, es zu finden. Nach ihrer frustrierenden Jugend und ihren ersten Jahren als Frau, als sie sich unfähig gefühlt hatte, einem Mann zu gefallen, war sie nun zu einer höheren sinnlichen Macht geworden, die mehr und mehr Erregung auslöste. Alles fand seine Erklärung. Die Menschen beobachteten sie auf der Straße, sie hüpfte, und eine Sekunde später blieb sie reglos stehen. Es war durchaus wahrscheinlich, daß man sie für verrückt hielt.

Hector wollte heute keine Siesta halten. Vergeblich versuchte er, eine originelle Beschäftigung zu finden. Glücklicherweise kam Brigitte zurück und rief: «Ich bin unglaublich erotisch! Das ist mein Fehler!» Als Mann im Hause stellte Hector sich seiner Verantwortung. Er strich seiner Frau über das Haar. Sie mußte auf der Stelle beruhigt werden. Hatte er nicht eine beginnende Hysterie bei ihr wahrgenommen? Es stimmt, daß sie nicht ganz klar im Kopf war, alles darin war verrückt. Sie versuchte, ihrem Mann zu erklären, daß er niemals rückfällig geworden war. Seit ihrer Begegnung, wie er es immer erhofft hatte, war er von seiner Sammelsucht geheilt. Er versuchte, sie zum Hinsetzen zu bewegen und sie mit einem reifen Bourbon zu beruhigen, doch es gelang ihm nicht, sie schüttelte ihn ab und sagte immer wieder: «Aber verstehst du denn nicht?» Er wurde unruhig. Sie hatte endgültig alles verstanden (die Frauen), also würde es bei ihm noch ein bißchen dauern (die Männer).

♦

Hector war also niemals rückfällig geworden. Indem er Brigitte begegnet war (dem Körper der Frau, der einzigen), war er von der Sammelsucht geheilt worden. Allerdings, welch romanhafte Absonderlichkeit, war er der einzigen Frau begegnet, die ein erotisches Potential beim Fensterputzen besaß. Indem er, koste es, was es wolle, diesen Augenblick wiedererleben wollte, wobei er so weit ging, diesen höchsten aller Momente zu filmen, hatte er sich für unheilbar krank gehalten, wo er doch in seinem Leben niemals so sehr Mann gewesen war wie alle anderen.

♦

Man konnte nicht unsterblich lieben und gleichzeitig weitere Gegenstände anhäufen wollen. Davon war Hector immer überzeugt gewesen. Er war ein in sich ruhender Mann, der an jenem Tag, an dem er keine

Siesta halten wollte, vom Ende seiner Krankheit erfahren hatte. Von heute an würde Brigitte niemals mehr Fenster putzen. Er mußte sich entwöhnen. Sie erforschten beide die möglichen Methoden, und sechs Monate später putzte Brigitte die Fenster nicht mehr, um die Wünsche ihres Mannes zu erfüllen (sie hatten eine amerikanische Technik angewandt, die darin bestand, die Intervalle zwischen den Putztagen immer weiter zu vergrößern (die Amerikaner pflegten die Kunst, für amerikanisch zu halten, was auf der Hand lag)). Es kam vor, daß Brigitte, ohne Hector etwas davon zu sagen, die Fenster zu ihrem eigenen Vergnügen putzte, einfach so, eine Art Selbstbefriedigung. An diesen Tagen spürte er, wenn er nach Hause kam, daß die Fenster sauber waren. Sein alter Reflex. Er versuchte, es zu ignorieren, aber das war nicht immer einfach. Das zusammengeschweißte Paar stellte sich von Zeit zu Zeit solch beginnenden Rückfällen und schaffte es, sie mit großer Anmut im Keim zu ersticken.

All dies gehörte jetzt der Vergangenheit an.

Brigitte und Hector bildeten eine stabile Gemeinschaft, die sich erfolgreich gegen die heimtückischsten Rückschläge gewehrt hatte. Sie waren schön (jedenfalls hatten sie aneinander Gefallen), sie waren verhältnismäßig reich, sie hatten keine wirklichen psychologischen Probleme (es bestanden zwar weiterhin zwei, drei kleinere Phobien, die aber beileibe kein eigenes Buch verdient hätten), und sie hatten vor nicht allzu langer Zeit ihre

Wohnung neu gestrichen. Es war also ein günstiger Zeitpunkt für das zu verschiedenen Zeiten halbherzig diskutierte, immer wieder beiseite geschobene Projekt, wieder in Erscheinung zu treten: das Projekt, ein Kind zu zeugen. Der Ausdruck wirkte schwerfällig, schauerlich. Besser war: die Frucht der Liebe. Um ein Kind zu machen, muß man Liebe machen. Brigitte rechnete die in Frage kommenden Tage aus, wobei sie Hector erklärte, daß man sich donnerstags immer am besten fortpflanzte. Das war ein Tag, den er mochte. Also ruhte er sich mittwochs gut aus, um am besagten Tag sein Bestes zu geben.

Nie war Hector so stolz wie an dem Tag, als er erfuhr, daß er gut gezielt hatte. Sie feierten die Nachricht mit Würde, und Brigitte wurde allmählich immer runder. Sie hatte Heißhunger auf Erdbeeren und mußte sich oft übergeben. Hector verabscheute Erdbeeren und übergab sich ebenfalls. Die künftigen Eltern dachten an ihr künftiges Kind, an seine glänzende Erziehung und Bildung und an die weichen Drogen, die man ihm vielleicht erlauben würde zu rauchen. Vom siebten Monat an wurde Brigitte wirklich sehr dick. Sie wurde gefragt, ob sie da eine Fußballmannschaft untergebracht habe (Menschen sind oft sehr komisch). Das Paar blieb die ganze Zeit über zu Hause. Hector ging einkaufen, und in den Gängen des Supermarkts dachte er nicht einmal mehr ans Sammeln. Sein Kind, er dachte ausschließlich an sein Kind. Sie hatten beschlossen, nichts über das Geschlecht erfahren zu wollen. Der Überraschung wegen.

Hector hatte panische Angst vor allem, was mit Biologie zu tun hatte: Er hatte seine Frau nicht zu den Ultraschalluntersuchungen begleitet.

Und es war auch wenig wahrscheinlich, daß er bei der Geburt anwesend sein würde.

Doch als der Tag kam, bat sie ihn, an ihrer Seite zu bleiben. Schweißgebadet und mit anarchischem Herzklopfen überwand er tapfer seine Angst. Seine Frau konnte stolz auf ihn sein. Dann dachte er, daß eher er auf sie stolz sein müsse. Brigitte schrie, die Schenkel weit auseinander. Das war es also, das Wunder des Lebens. Die Hebamme erklärte, daß der Muttermund halb geöffnet sei, was bedeutete, daß die Hälfte der Strecke noch vor ihnen lag.

Der Muttermund weitete sich Millimeter um Millimeter. Jeder Mensch, der auf die Erde kommt, hat seinen Auftritt. Man war ein Ereignis, ein glückliches Ereignis. Das Kind genoß diese letzten Augenblicke der großen Fülle, und es tat gut daran, denn es war unwahrscheinlich, daß es diese Empfindungen eines Tages noch einmal erleben würde, es sei denn, es badete nackt in eiskaltem Wasser, nachdem es drei Flaschen irischen Whiskey getrunken hätte. Hector ging hinaus. Alle waren sie da: seine Mutter, Brigittes Eltern, Gérard, Ernest mit der ganzen Familie, Marcel und Laurence … Die Entbindungsstation empfing alle Menschen, die einen im Leben begleiteten. Sie ermunterten Hector, sie sagten wiederholt, daß *die Väter die Abenteurer der modernen Zeiten* seien. Er mochte diesen Satz. Er fragte sich zwar, welcher Idiot einen solchen Unsinn verzapfen konnte, doch es klang gut. Und es stimmte auch, daß er das Gesicht eines Abenteurers hatte, mit seinem Dreiwochenbart (er hatte sich nicht mehr rasieren können, denn aus Solidarität mit Brigitte hatte auch er seinen Koffer für den bevorstehenden Krankenhausaufenthalt gepackt; in diesem Koffer steckte auch sein Rasierapparat). Er dankte allen, daß sie gekommen waren, und versprach, Meldung zu machen, sobald es etwas Neues gebe. Was für ein Mann er doch war: Man konnte bei großen Gelegenheiten auf ihn zählen. Er würde Vater werden und spürte, daß diese Rolle maßgeschneidert für ihn war.

Brigitte schrie so laut, daß man die lokale Betäubung verstärkte. Hector war wieder an ihrer Seite. Er wirkte unbeschwert. Er fand, daß seine Frau schön war, schön wie eine Frau, die gebar. Sie preßte immer heftiger. Die Hebamme schnitt dem Kind, dessen klebriger Schädel schon zu sehen war, eine Haarsträhne ab. Hector betrachtete diese Haarsträhne unendlich bewegt … Er konnte einfach nicht anders, als für den Bruchteil einer Sekunde an Marcels Sammlung zu denken. Es handelte sich um einen Reflex seines früheren Lebens, den er nicht völlig unter Kontrolle hatte. Auch wenn er nichts mehr sammelte, dachte er doch sehr oft an die Sammlungen. Nur kurz, für den Bruchteil einer Sekunde, ging ihm durch den Kopf: Wenn's ein Mädchen ist, dann wird diese Haarsträhne die Krönung von Marcels Sammlung sein … Und er konzentrierte sich wieder auf die Geburt seines Kindes. Dieses so intelligente Baby hatte sich in eine perfekte Lage gebracht, um herauszukommen. Die zweite Hebamme drückte auf Brigittes Bauch, um dem Kind dabei zu helfen. Der Schädel war nun schon vollständig zu sehen. Er sah aus wie ein Kegel. Hector sah noch nichts von seinem Kind, doch schon erschien es ihm wie die Fleisch gewordene Anmut.

Unter Schreien und Pressen kam das Kind heraus und schrie nun seinerseits. Man legte es auf den Bauch der Mutter … es war ein Mädchen! Hector vergoß die schönsten Tränen seines Lebens. Er ging einen Augenblick hinaus, um in den Flur zu rufen: «Es ist ein Mädchen!»

Er betrachtete dieses Wunder, das kleine Schreie in den Armen seiner Mutter ausstieß. Meine Tochter, meine Tochter, Hector konnte nichts anderes denken. Er hatte sich gerade fortgepflanzt. Sie lebte, seine Tochter, sie war lebendig und einzigartig. In Fachbüchern hatte er gelesen, daß das Kind einige Minuten bei seiner Mutter bleibt, bevor es zum ersten Mal gebadet wird. Komischerweise hatte diese Szene nicht länger als dreißig Sekunden gedauert. Die zweite Hebamme hatte sich seine Tochter gepackt, ohne ihn herbeizubitten. In den Büchern hieß es, daß der Vater, sofern er anwesend war, das Baby baden durfte. Aber hier, Fehlanzeige. Man hatte ihn nicht einmal angesehen … Er hatte kaum Zeit gehabt, einen Blick auf seine Tochter zu werfen. Er hielt immer noch Brigittes Hand, und unversehens drückte

sie fest zu und schrie. Es war, als hätte man die Szene zurückgespult.
Im Wartezimmer umarmte sich die ganze Familie. Ein Mädchen, es ist ein Mädchen, sagte man im Chor. Hector hatte nicht unrecht: Man spulte wieder zurück. Sein Bewußtsein war vernebelt, und er konnte nicht genau erfassen, was ihn an dieser Vorgehensweise befremdete. Brigitte, die der Erschöpfung nahe war, wurde von einer neuen Krankenschwester gestützt, sie brauchte Zuspruch. Sie zerquetschte Hectors Hand. Am Ende realisierte er das Offenkundige: Zwillinge! Sie hatte ihm nichts davon gesagt, aber sie war nicht mit einem einzigen, sondern mit zwei Babys schwanger gegangen! Er war so überrascht, daß er vergaß, ohnmächtig zu werden. Die Hebamme riet ihm, sich zu setzen. Seine Gefühlsregung brachte alle in Verlegenheit. So wurde er also auch Zeuge der Geburt seines zweiten Kindes. Diesmal handelte es sich um einen Jungen! Hector küßte seine Frau, und wie bei seiner Tochter legte man das Baby auf den Bauch der Mutter.

«Du hast mir ja gar nichts gesagt …», stotterte Hector.

«Es sollte eine Überraschung sein, mein Herz.»

Hector stürzte auf den Flur und rief: «Es ist ein Junge!»

Diese neue Ankündigung stürzte alle in Ratlosigkeit, vor allem Gérard, der diese wahnsinnige Gleichung in alle Richtungen drehte und wendete: «Ist es nun ein Mädchen oder ein Junge … Man kann doch nicht gleichzeitig Mädchen und Junge sein … Na ja, manchmal kommt das zwar vor … aber doch nicht in diesem Alter … oder aber …» Er bat eine vorbeieilende Krankenschwester um ein Aspirin.

Berauscht vom Glück, der Vater auf einer Wolke, die Mutter im Delirium, hatten sich die Eltern in einer anderen Welt eingerichtet. Diesmal wollte Hector seinen Sohn zum Bad begleiten, doch wieder griff sich eine Hebamme das Kind. Mit schwacher Stimme gestand Brigitte: «Ich habe dir nicht alles gesagt …»

«Was?»

«Es sind Drillinge!»

Eine Wehe schnitt ihr das Wort ab. Und Brigitte fing wieder an zu pressen, mit den wenigen Kräften, die ihr verblieben. Sie war eine außergewöhnliche Frau, drei Kinder auf einen Schlag. Hector sah sie an, als wäre sie eine Außerirdische. Er liebte sie mit einer weltentrückten Liebe. Tapfer brachte sie ein zweites Mädchen zur Welt, und erleichtert zerfloß sie in Tränen. Das kleine Mädchen war schon bald bei ihrem großen Bruder und bei ihrer großen Schwester, um die medizinischen Untersuchungen über sich ergehen zu lassen, und wenige Minuten später verkündete die Hebamme, daß es den dreien ausgezeichnet gehe. Sie fügte hinzu, wie selten sie erlebt habe, daß eine Geburt von Drillingen so unkompliziert abgelaufen sei.

Die drei Kinder wurden nebeneinandergelegt. Sie schienen identisch wie drei Teile einer Sammlung. Hector konnte es gar nicht fassen, der Vater dieser drei menschlichen Wesen zu sein. Er küßte seine Frau, und in diesen Kuß legte er den ganzen Mut, dessen sie bedurften. *Väter sind die Abenteurer der modernen Zeiten*, er dachte wieder an diesen Satz. Mit drei Kindern auf einen Schlag hatte er es sich mindestens verdient, als Held bezeichnet zu werden.

Ende

November 2002 – August 2003
Ouarzazate – Casablanca

Literatur bei C. H. Beck

Literatur bei C.H.Beck

Rujana Jeger
Darkroom
Roman
Aus dem Kroatischen von Brigitte Döbert
153 S., geb

Victor LaValle
Monster
Roman
Aus dem Englischen von Klaus Modick
332 S., geb.

Jochen Schmidt
Müller haut uns raus
Roman
350 S., geb.

Jochen Schmidt
Triumphgemüse
Geschichten
247 S., geb.

Ernst Augustin
Der Künzler am Werk
Eine Menagerie
215 S., geb.

Neuerscheinungen

Ernst Augustin
Eastend
Roman
Ca. 320 S., geb.

Diane Broeckhoven
Einmal Kind, immer Kind
Roman
Aus dem Niederländischen von Isabel Hessel
Ca. 160 S., geb.

Anthony Doerr
Winklers Traum vom Wasser
Roman
Aus dem Englischen von Judith Schwaab
Ca. 487 S., geb.

Paula Fox
Luisa
Roman
Aus dem Englischen von Alissa Walser
Ca. 464 S., geb.

Björn Kern
Einmal noch Marseille
Roman
Ca. 128 S., geb.

Norbert Scheuer
Kall, Eifel
Ca. 176 S., geb.